LE BÛCHER DES ILLUSIONS

FRÉDÉRIC BRUNNQUELL

LE BÛCHER DES ILLUSIONS

ALBIN MICHEL

Cet ouvrage est publié sous la direction de Martine Saada.

Prologue

J'aime dire « les gens » pour évoquer tous ceux qui nous entourent, ceux qui marchent sur le même trottoir, ceux avec qui l'on échange deux paroles dans une file d'attente, ceux que l'on retrouve parfois et dont on imagine la vie, ceux dont les destins lus dans la presse nous bouleversent. Les gens pressés, les gens lents, disait Georges Perec. Depuis des années, je les rencontre, je discute avec eux, je les écoute, je les filme, des milliers d'heures durant. Ils me racontent leurs espoirs autant que leurs déceptions, ils évoquent les difficultés économiques qui fragilisent les familles et obèrent l'avenir des enfants. Ils ne sont pas devenus des amis, ni des proches, mais un lien particulier, unique, nous a unis, jusqu'à l'intime.

Je me souviens de ce jour où j'attendais Perrine dans sa cuisine. Elle était sortie de sa salle de bains les cheveux encore mouillés et tout emmêlés, ses lèvres déjà maquillées d'un trait de rouge. Avant de parler, elle avait rempli un tube de tabac acheté en Belgique et pestait contre sa cigarette qui ne tirait pas. Nous avons passé la matinée assis, les bras posés sur la toile cirée, à boire du café. Elle me racontait son désir de vie et évoquait les trahisons de l'existence. Je découvrais sa famille et notre intimité particulière dura toute une année.

Puis ce fut Florian à Narbonne. Il surveillait toujours son barbecue avec attention pendant que sa fille jouait sur le trampoline. Il me parlait de l'âpreté des luttes syndicales et de ses copains qui ne se relevaient pas.

À Nancy, Marion roulait toujours trop vite quand elle me raccompagnait à la gare après mes visites de plusieurs jours. Elle s'inquiétait pour Antoine, son mari, fragilisé par les humiliantes procédures de son travail. Son fils aîné apprenait la lutte des classes avec son grand-père, un ancien communiste.

À Paris, Sylvie me proposait toutes les semaines de passer lire les journaux dans sa boutique. Nous parlions du monde et de ses échos entrevus dans la presse. L'univers du papier journal disparaissait inexorablement et elle résistait à sa manière.

Sur les marchés du Gard, Sébastien me rapportait les fruits invendus, les plus mûrs, les meilleurs. Pris dans les difficultés de la vie, il hésitait entre rejeter les manipulations d'un parti extrémiste ou se laisser séduire par des paroles délétères.

Soazig, elle, tentait d'oublier Orlando, parti trois

mois en mer. Elle cajolait son bébé et lui apprenait à vivre avec un père absent.

J'ai vécu des mois avec ces personnes et avec d'autres aussi. Je les ai aimées, j'ai essayé de les comprendre. Toutes m'ont ému. J'ai écrit leur histoire pour ne pas les quitter et poursuivre le temps de nos rencontres. Je me suis pris à extrapoler leurs vies pour leur accorder le droit au romanesque. Il était une fois… Des gens de la petite classe moyenne devenus les personnages semi-imaginaires d'un livre. Je ne crois pas au banal de la vie, il n'est qu'un voile opaque derrière lequel se nichent des trésors de narration.

J'ai écrit leurs histoires en bousculant le réel avec délicatesse pour ne jamais trahir leurs convictions. Elles racontent la petitesse de la vie comme son immensité. Je sais qu'ils auraient aimé profiter du souffle de liberté que permet l'imagination.

Le naufrage des cuirassés

La chaleur du soleil d'avril décide Sylvie à quitter sa boutique. Elle remonte l'avenue du Général-Leclerc vers la place Denfert-Rochereau où des touristes patientent en famille devant l'entrée des catacombes. Installée sur un banc du square de l'Abbé-Migne, elle sort de son sac un sandwich emballé de Sopalin et préparé dans une demi-baguette achetée chez Lydie, la boulangère. Les goûts mêlés du jambon, du beurre et des cornichons sous le craquant du pain la réjouissent. À cet instant, elle est heureuse de vivre à Paris. Sylvie vient de fêter ses cinquante-six ans et n'a jamais eu envie de quitter la capitale. Elle se prend un peu pour Arletty parce que le jour de ses seize ans, elle a couché avec un garçon pour la première fois après avoir regardé *Hôtel du Nord* à la télévision. De l'actrice, elle pense avoir la petite taille et le nez fin, et puis une façon bien à elle de répéter « Moi, j'en ai marre ». Avec l'âge, sa maigreur la dessine en anorexique contemporaine loin de son modèle des années 30. Depuis dix ans, elle tient une petite boutique de presse sur le boulevard : un boyau tout en longueur rempli de revues, de livres et de quelques disques. Sylvie porte une éternelle jupe bleue qui descend sous le genou et sur laquelle elle essuie ses mains tachées par l'encre des quotidiens. Toute la matinée dans sa boutique, elle écoute en boucle son air d'opéra préféré, Bizet, *Les Pêcheurs de perles*, «Je crois encore entendre», la romance de Nadir dans l'acte I. Elle adore Alfredo Kraus, pour elle, le meilleur des ténors.

Sur son banc, elle a lu quelques pages du *Jour avant le bonheur* d'Erri De Luca. Les phrases de l'écrivain italien lui donnent le courage de retourner travailler. Elle arrive au moment où le livreur dépose devant sa boutique une liasse du quotidien *Le Monde*.

Monique, une cliente, pousse la porte du magasin pour acheter le journal.

– Tu prends le supplément « Argent » ?

– Tu penses que j'en ai besoin, Sylvie ?

– Je ne sais pas. Tu as peut-être des sicav ou des bons du Trésor ?

– Oui, et des lingots sous mon matelas. Tu en veux un ou deux ?

– Écoute, je ne dis pas non, les Messageries viennent de m'envoyer un courrier de rappel. Je leur dois

4 300 euros. Ils font de la trésorerie sur ma pomme et moi je paie des agios à la banque.

– Il te reste un *Libé* et un *Huma* de ce matin.

– *Libé*, plus personne ne l'achète. Et *L'Huma*, j'en vends un par jour à Françoise. C'est la dernière lectrice du quartier. Si elle aussi déserte la boutique, que va devenir le canard coco ?

– Il n'y a plus un seul ouvrier à Paris, Sylvie, ils ont disparu. Pschitt, la gentrification écrase tout.

– Le jour où je fermerai, je te parie que ce sera une boutique de souvenirs ou un vendeur de bubble tea qui me remplacera. Adios, les petits commerces. Tout le monde chez Franprix !

– Les villes changent, Sylvie. Les usines qui fumaient n'existent plus.

– Tu sais ce qui me dégoûte, Monique, c'est le rachat des anciens ateliers par les spéculateurs. Ils les rénovent et les vendent à 10 000 euros le mètre carré. Ne me dis pas que tu vis dans un loft. Ou sinon, tu sors de ma boutique tout de suite !

– Ma chère, j'habite dans un immeuble d'habitation dont le loyer me saigne.

– Alors, reste un peu s'il te plaît. On papote, ça fait du bien, il n'y a personne. Ce matin j'ai reçu un nouveau disque. On l'écoute ? Tu as dix minutes ? C'est Dvořák, une merveille, paraît-il. Dirigé par Ferenc Fricsay, un vieil enregistrement de 1959.

Sylvie monte le son, sa tête balance, elle oublie les journaux. Avec les années, sa vie se confond de plus en plus avec celle de la boutique. Toutes ses amies sont des clientes, ou ses clientes sont des amies. Olivier, son mari, travaille comme chauffeur de car. En hiver, il part en classe de neige avec les écoles du quartier, au printemps, en classe de mer, et l'été il suit les colonies de vacances qui ont les moyens de s'offrir un bus à demeure. Elle aime ces semaines de célibat quand le soir elle ferme la grille sur la rue et reste tard à la boutique. Elle débouche alors une bouteille de côtes-du-rhône et s'installe sur une chaise de plastique sur le seuil de la porte de derrière qui ouvre sur une petite cour de béton salie par un couple de pigeons. À ses pieds, un cendrier déborde de ses mégots. Elle écoute un CD, boit du vin dans un verre Duralex de cantine et bat la mesure avec ses bras.

Pour tous ses clients, Sylvie vend des journaux depuis toujours. Ils ignorent sa vie d'avant. Elle fut dix ans salariée d'un grand groupe installé sur les Champs-Élysées, où elle travaillait comme assistante bilingue au service « approvisionnement ». Au début des années 2000, elle s'était syndiquée chez FO pour sauver sa peau et celle de centaines d'employés menacés après l'annonce de la direction de fermer toutes les filiales françaises. Elle assista à toutes les AG et participa aux négociations. Avec deux collègues du syndicat, elles affrontèrent les représentants de la direction et mandatèrent un avocat spécialiste des plans sociaux, maître Guiette. Celui-ci décryptait pour elles les documents de la direction. Sylvie se donna entièrement à la lutte. Elle y consacra ses nuits et tous ses week-ends pendant trois mois.

Plus elle s'engageait, plus le cours de l'action du groupe s'envolait à la City, suivant une courbe plus dynamique que celle du montant des indemnités de licenciement du personnel qui, elle, ne décollait pas. La gauche s'indigna mais, comme à Azincourt, les Anglais humilièrent à nouveau les Français, et mille sept cents personnes se retrouvèrent au chômage.

Sylvie revint de sa guerre meurtrie. Avec la dotation du plan social, elle acheta sa petite boutique de presse à René, une connaissance du quartier qui la tenait depuis vingt ans. Elle pensait que se retrouver seule dans un commerce l'aiderait à se reconstruire, et aussi que travailler à 300 mètres de chez elle la reposerait.

René lui avait expliqué les trucs du métier :

– Sylvie, tu apprendras à aimer les émotions populaires. Les malheurs du monde comme les liesses qui font vendre des tonnes de papier. *Paris Match* au moment des mariages monégasques, fabuleux ! Le 11-Septembre, extra ! La guerre du Golfe persique, un must ! Sarko et Cécilia, pas mal !

Ce matin, les camionnettes de livraison remontent l'avenue du Général-Leclerc. Il est 6 heures, la noria en charge de l'approvisionnement des magasins parisiens se poursuit. Sylvie, dans une parka militaire trop grande pour elle, fouille ses poches à la recherche de son trousseau de clés. Elle n'est ni coiffée ni maquillée. Une montagne de cartons menace de l'ensevelir quand elle ouvre la porte du sas de son magasin. Elle peste contre le livreur et contre les Messageries de presse qui la noient sous des dizaines de titres de revues qu'elle ne vendra jamais. Elle donne des coups de pied dans les cartons pour se frayer un chemin. Elle aimerait avoir les crampons de Zidane et piétiner tout ça. Elle traverse sa boutique et se fige, dans le local à l'arrière, devant un petit miroir de quincaillerie tenu par un clou. Là, dans son alcôve, Sylvie sèche ses cheveux encore mouillés et souligne ses lèvres d'un trait de rouge.

Elle distribue ensuite les canards du matin à trois personnalités du quartier : un éditorialiste de la matinale de France Inter, un intellectuel géographe et un rédacteur de guides touristiques. Sa brève tournée se termine chaque matin au comptoir d'un bistrot de la rue Daguerre.

– Pourquoi tu nous as mis ce truc, Francis ? demande-t-elle au patron en désignant le grand écran branché sur BFM.

– Tout le monde me demandait une télé. J'étais contre ! Mais je l'ai installée pour les matchs de foot et pour satisfaire la clientèle.

– Ouais, tu l'as installée et… Raconte ce qui s'est passé ensuite !

– Tu ne vas pas me faire chier avec cette histoire tous les matins ! Tu vends quoi dans ta boutique ? De la philosophie, des textes de penseurs ?

– Francis, sois gentil deux secondes.

– Eh bien avec l'écran, l'ambiance dans le café a changé peu à peu. Tu sais, la clientèle à l'ouverture, ce sont les artisans, les gars de la voirie, les travailleurs. D'abord, ils ne se sont plus calculés et ensuite forcément ils ne se sont plus parlé. Tu aurais vu, ils se sont même physiquement écartés les uns des autres. Le bruit du monde est entré dans mon bistrot et il a balayé la chaleur humaine.

– Je ne savais pas que cette télé te gênait aussi. Moi j'en ai marre de ce truc.

– Je me suis toujours levé tôt, reprend Francis. Et j'aimais le faire parce que je savais que j'allais retrouver ma tribu matinale avec ses petites conversations. Ce n'était pas des causeries de Prix Nobel. Des fois ça gueulait, mais il y avait de la confiance et de la bienveillance. Maintenant, les têtes sont colonisées par l'actualité malheureuse. Je ne me lève à l'aube que pour appuyer sur la télécommande et servir des cafés.

– Tu as essayé de couper la télé ?

– Il y a six mois l'écran est tombé en panne. J'ai attendu une semaine pour le remplacer, les clients râlaient. Ils étaient en manque. Incapables de se retrouver, ni de reprendre les discussions d'avant l'écran. Leur voisin de comptoir était devenu un étranger.

– Tu parles d'un assommoir moderne, ton rade.

– Non, c'est faux. Le soir, j'ai une nouvelle clientèle. Des jeunes surtout qui viennent pour le happy hour. Alors eux, ils fraternisent, ils parlent fort, ils sont sympas et ils remplissent ma terrasse. Ce sont des gamins qui commencent à bosser, qui terminent leurs études et se paient des bières avec leur première paie. Avant ils ne venaient pas. Ils m'ont changé la vie eux, redonné de la confiance.

– Ouais, je vois, le malheur, c'est que pour les travailleurs ! Mais tes petits étudiants bien proprets sont des suppôts du monde globalisé.

– Tu es une réac, Sylvie. Tu vis dans un monde qui n'existe plus. Et tu sais quoi, ce matin, au nom de tous ces jeunes qui viennent dans mon bistrot, je te paie ton café !

Assise sur la pile des hebdomadaires, Sylvie feuillette la presse en attendant les clients. La première est Mme Méleau qui tous les matins achète *Le Figaro*. Un épais nuage de Guerlain la précède et masque les odeurs de colle et de papier qui suintent des hebdos et des revues à dos carré. Sylvie remarque ses nouvelles bottines noires et parie pour des Clergerie.

– Magnifiques vos chaussures.

– Merci. Vous avez *L'Obs* ? C'est pour mon fils.

Mme Méleau ouvre l'hebdo aux pages shopping.

– Oh, mais c'est mignon ce petit blouson, peut-être un peu cher quand même.

– Pour un journal de gauche, présenter dans le choix de la rédaction des vêtements à quatre fois le Smic, c'est un peu fort, non ? Ça ne vous dégoûte pas ?

– Pourquoi ? Vous savez, des fois, il vaut mieux moins consommer pour mieux consommer. Le luxe ne se démode pas, Sylvie. Et puis c'est important de donner envie aux gens. Non ?

– Moi, je trouve ça indigne, méprisant pour ceux qui gagnent peu. La gauche qui a connu le pouvoir bouffe du caviar et achète des fringues qu'un ouvrier ne pourra jamais se payer. Excusez-moi, madame Méleau, mais je trouve que c'est une répugnante trahison. Je vous choque, je le sais, mais si pour vendre il faut fermer sa gueule, alors je suis une mauvaise commerçante.

– Je vous connais, Sylvie, vous et vos avis tranchés. Mais vous êtes la dernière à vendre la presse dans le quartier, alors nous n'avons pas d'autre choix que de cohabiter toutes les deux. Vous êtes une indécrottable gauchiste.

Un peu avant 9 heures, comme tous les matins pendant ses déplacements, Olivier, son mari, l'appelle depuis l'Allemagne où il transporte un groupe de retraités sur les bords du Rhin.

– Tu vas bien ? demande Sylvie, qui reconnaît le numéro.

– Oui, on mange bien, la bière est délicieuse et le groupe est agréable. Je rentre samedi comme prévu. Et toi ?

– C'est faible, très faible, comme tous les jours.

– Tes clients sont venus ?

– Mme Méleau, la vieille réac m'a pris *Le Figaro* et *L'Obs*. J'attends les autres. Mais il n'y a pas d'actu ! C'est morne, mais c'est si morne, je ne te dis pas. J'ai reçu encore douze exemplaires d'une revue à 25 balles sur les châteaux. Encore du fric à avancer. Personne n'achètera ça.

– Je sais, tous les jours, tu me répètes la même chose. Tu vas te momifier dans ta boutique, ma chérie.

– J'en ai marre de tes remarques. Tu as la belle vie, toi, moi je trime comme un ours dans sa grotte.

– Tu connais ma position, Sylvie, en cinq lettres : V.E.N.D.S. Arrête ce job sans avenir.

– Naan jamais ! Les gens ont besoin de moi, il faut vendre de la presse parce que c'est un service de proximité comme la boulangerie ou la boucherie du quartier.

Si on ferme, la vie sera pire pour les gens. Et tu sais quoi ? Je suis fière d'être un petit commerçant !

– Mais les gens ne t'achètent plus de canards, ils ont un smartphone et ils vont chez Franprix. Sors, Sylvie, regarde autour de toi et admets que le monde change.

– Ça suffit, Olivier, j'en ai marre là. Moi, je résiste. Je suis seule et je me bats contre ce monde sans humanité que tu défends. Si tu appelles pour me flinguer, ce n'est pas la peine, reste avec tes vieux et ferme-la ! Et merci encore pour ton soutien.

Sylvie raccroche et se sert un grand verre de porto qu'elle boit d'une traite dans l'arrière-boutique. Elle sait que la presse ne se vend plus. Elle repense au cynisme de René qui lui a cédé le commerce. Mais rien n'y fait. Ni la tuerie de *Charlie Hebdo*, ni le Bataclan, ni Trump, ni l'élection de Macron, ni l'affaire Weinstein, ni la guerre au Mali n'ont profité à son chiffre d'affaires. À se flinguer. Ça lui arrache les tripes de raisonner ainsi mais la situation est désespérante.

Je ne suis pas une charognarde, se dit-elle, je vends du reportage, de l'analyse, du rêve et aussi de l'atroce, c'est juste. Mais si le papier doit disparaître, je crèverai, entourée de mes derniers disques et de quelques livres. Le reste, je m'en fous ! Je suis certaine qu'au fond d'eux-mêmes les riches s'emmerdent. Quel sens a leur vie ? Ils ont une piscine, deux piscines, des dizaines de maisons, des voitures à gogo ? Mais pour quoi faire ?

Pour s'ennuyer à la neige l'hiver et à la plage l'été ? À quoi ça sert tout ça ? Que font-ils à bord de leur yacht ? Ils tartinent leurs enfants de crème solaire, pour prévenir les mélanomes, mais est-ce que j'en ai besoin, moi, de crème solaire ? Quelle bande de cons. J'en ai marre bordel, que j'en ai marre !

Le fauteuil crapaud occupe tout l'espace dans l'ascenseur de sa résidence. La joue collée au miroir, Sylvie compte les étages jusqu'au rez-de-chaussée. Il est tard, les voisins dorment. Elle traverse le hall et, arrivée sur le trottoir, pose le fauteuil tous les cinq pas. Il pèse le poids d'un âne mort. Son dos la brûle. Dans les rues désertes d'un soir de semaine à Paris, elle ne trouve personne pour l'aider. Une fois devant la boutique, elle pousse le fauteuil à l'intérieur et renverse le présentoir des quotidiens. Les invendus du jour tapissent le sol. Sylvie piétine cette matière grise périmée et soulève le fauteuil dans un dernier effort. Je marche sur le monde, se dit-elle en ricanant.

Elle installe le meuble dans l'arrière-boutique au milieu des cartons. Elle sort un CD, prend sa bouteille de porto, s'assoit dans son fauteuil et se couvre les jambes d'une couverture. Les violoncelles de l'allegro de la *Symphonie n° 2* d'Anton Bruckner dirigée par Paavo Järvi lui font oublier les clients et les remarques de son mari. Oui, elle travaille soixante heures par semaine pour un salaire de 500 euros. Et alors ? Sylvie a réduit le monde aux murs de sa boutique. Tous les matins les éditions quotidiennes y déposent les échos de son fracas mais plus rien ne la menace. Ses murs, couverts de titres de presse, la protègent de chaos intérieurs plus dangereux encore.

À la fin du mois de mai, Olivier ne rentre pas. Il conduit maintenant en Autriche un groupe parti visiter les châteaux de l'impératrice Sissi et découvrir les vins blancs de l'ancien Empire austro-hongrois. D'ailleurs, Sylvie ne l'attend plus. Elle dort toutes les nuits à la boutique. Le dimanche après-midi, elle marche parfois jusqu'au Luxembourg et s'offre un ticket de cinéma. Elle adore *Silence* de Scorsese. La conviction des prêtres jésuites perdus dans le Japon hostile du XVIIe siècle lui paraît proche de son entêtement.

Dommage que je n'aie pas la foi, se dit-elle en descendant le boulevard de l'Observatoire. Ça doit aider, ce genre d'aliénation divine !

Méthodique, elle transfère ses affaires de l'appartement vers la boutique. Un soir, elle remplit des cabas de supermarché de quelques vêtements, un gant de toilette, une serviette, une brosse à dents, une casserole, une poêle anti-adhésive et deux assiettes, puis elle remonte de la cave un vieux Campingaz.

Elle ne passe plus chez elle que tous les trois jours pour se laver les cheveux. Les autres matins, une toilette de chat à l'eau froide dans son arrière-boutique lui suffit. Rapidement, elle s'habitue à l'inconfort et se lave les cheveux à même l'évier. Tous les soirs, elle fume dans son fauteuil en écoutant de nouveaux disques. Elle adore les deux violons de *Tabula Rasa* d'Arvo Pärt interprété par les musiciens de l'orchestre symphonique d'Estonie.

Sylvie accorde sa vie à celle de sa boutique. Les journaux ne se vendent plus, elle ne dépense rien. Le prix insignifiant du bail commercial la rassure, elle espère continuer ainsi encore dix ans et vivre dans sa chair la disparition des journaux en papier. Elle veut tenir jusqu'au dernier *Libé*, au dernier *Monde*, au dernier *Figaro*, et témoigner de l'extinction du média papier. Le jour de cet Armageddon, elle a prévu de sortir les enceintes de sa chaîne stéréo sur le trottoir devant sa boutique et de jouer le *Concerto n° 1 pour violoncelle* de Haydn, comme le chef d'orchestre du *Titanic* le soir du naufrage. Les passants sur le boulevard ne pourront pas manquer la plainte venue de la boutique qui coule !

Sylvie s'inquiète de la disparition de sa cliente qui tous les jours achetait *L'Humanité*. Elle lui garde les exemplaires qui s'amoncellent dans un coin de la boutique. Comprenant qu'elle ne viendra plus, elle découpe les pages des journaux. Une nuit, elle les plie toutes en forme de petits navires. Elle remplit deux cabas de ces origamis aux couleurs communistes et se rendort.

Le dimanche après-midi suivant, Sylvie emporte sa flottille au jardin du Luxembourg. Ses sacs débordent mais ils ne pèsent rien au bout de ses poignets.

Exceptionnellement, ce jour-là, elle a enfilé un jean et passé un sweater bleu. Elle s'assoit sur le bord du bassin et dépose un à un les petits bateaux sur l'eau verte. Le vent qui remonte le boulevard Saint-Michel pousse les navires. Les enfants tirent leurs parents par la manche pour venir regarder le bassin couvert de ces petits papiers.

– Regardez mes petits cuirassés *Potemkine* ! dit-elle à la foule. Demandez-vous comment sera la vie quand nous n'aurons plus de journaux !

Les navires coulent vite, les passants éloignent leurs enfants, une folle a dégueulassé leur bassin.

Le bûcher des illusions

La foule s'écarte pour laisser passer le dix-neuf tonnes Mercedes. Le chauffeur recule sur le terrain occupé par les Gilets jaunes et déverse son chargement de palettes sous les applaudissements. Il sort un poing fermé par la fenêtre de sa cabine, hurle *No pasarán !* avant de repartir. Devant le monticule, Francine les yeux humides d'émotion tient la main de Lydie. Cela fait deux semaines qu'avec les Gilets jaunes elles occupent ce terrain près du rond-point de l'autoroute A51.

– Vous vous rendez compte, les amies, on avance !

– C'est formidable. Je te jure que j'ai envie de chialer.

– Il ne faut rien lâcher. Le peuple est puissant !

Armés de pieds-de-biche, les hommes démontent les palettes déversées du camion, les femmes trient les planches et les vaccinés contre le tétanos ramassent les clous. Tous ensemble ils construisent trois baraques.

Une grande pour s'abriter et organiser la lutte, une deuxième pour héberger une épicerie solidaire et la troisième pour installer deux toilettes sèches. Un couvreur des environs apporte du papier goudronné destiné à étanchéifier les toits et met à disposition son pistolet à clous.

Francine, infirmière libérale proche de la retraite, a bouleversé son planning pour vivre la révolution et annulé sine die les soins de l'après-midi. Elle habite seule dans un appartement qui donne sur la Durance. Lydie vient de fêter ses quarante-cinq ans, handicapée par une spondylarthrite ankylosante, elle ne travaille plus et perçoit une allocation de 919 euros qui ne lui suffit pas pour vivre.

Une vingtaine d'hommes et de femmes portant un gilet réfléchissant œuvrent sur le chantier. Les deux amies apportent les planches et aident à les maintenir pendant que les hommes les assemblent suivant un plan tracé par un maçon de Forcalquier.

Francine soigne les petites blessures, un ongle écrasé, une coupure, une bosse sur la tête, avec un peu de désinfectant, de l'arnica et un mot gentil pour chacun. Le terrain a attiré des dizaines de personnes qui apprennent à se côtoyer. Pour entrer dans le champ, il faut abhorrer Emmanuel Macron et porter un gilet jaune.

Dans la soirée, un petit groupe juché sur le toit de la première baraque termine de l'étanchéifier quand la pluie se met à tomber. Les gouttes martèlent le toit et tous profitent de l'abri en se félicitant du travail accompli.

– Tu vois, c'est réussi ! Pas une infiltration.

– Ouais, c'est du bon boulot. Les outils sont au sec et nous avec.

– Finis, la boue et le froid. On va enfin pouvoir réfléchir au futur.

Le lendemain, ils terminent le chantier. Avec les palettes restantes, ils construisent des étagères et un comptoir pour l'épicerie solidaire. Une femme qui travaille au Secours populaire y dépose les premiers dons alimentaires, des boîtes de conserve juste périmées mais consommables données par un épicier de la ville. Le geste incite les gens à faire le tri chez eux et les étagères sont vite pleines. Francine fait remarquer qu'on a bien besoin de protections périodiques et de produits d'hygiène pour les femmes précaires, qui sont nombreuses dans la région.

Il faut ensuite discuter des conditions d'attribution de cette aide et rendez-vous est pris dans la grande salle pour un vote à main levée.

– Moi, je suis pour qu'il n'y ait aucun critère, propose Francine. Que chacun se place dans la société en connaissance de cause et qu'on fasse appel à la responsabilité des gens. Celui qui pense avoir besoin de cette aide, alors il vient la chercher. Celui qui pense qu'il y a plus pauvre que lui, alors il s'abstient.

– Il va y avoir des abus, tu ne crois pas ? Les Gitans par exemple, ils vont venir et tout prendre.

– Tu as vu beaucoup de Gitans parmi nous ?

– Ils n'osent pas venir, dit un gars au fond de la salle.

– Alors tu vois, ce n'est pas eux qui vont abuser de notre générosité.

– Et les boîtes de lentilles-saucisses de porc, ça ne tente pas la racaille. À nous aussi d'être malins, dit le même type.

La proposition de Lydie est adoptée à l'unanimité. Ils décident également que le café coûte 20 centimes et la bière en canette 1 euro. Un tronc est installé sur le comptoir, dans lequel chacun verse son obole. Tous les soirs, la caisse est vidée et la recette sert à se réapprovisionner en boissons et à aider les plus pauvres à payer le train pour participer aux manifestations nationales.

Lydie et Francine proposent de tenir l'épicerie entre 14 et 18 heures et de construire une porte avec un cadenas, pour les nuits.

Ils programment le lendemain une après-midi discussion afin que chacun se présente et formule des idées pour la suite, mais il manque des bancs pour que tous puissent s'asseoir.

– On pourrait les piquer à l'église ?

– On va les construire, il reste des clous et des planches.

Les noctambules allument un brasero pour se réchauffer pendant la première nuit de veille au « village des GJ ». Francine raccompagne Lydie chez elle.

– Demain, ce sera pour moi le premier jour d'une nouvelle vie.

– On peut être fières, on a accompli de belles choses aujourd'hui.

– Tu sais, je sens que je ne serai plus jamais seule maintenant.

Elles se serrent fort dans les bras avant de se quitter, émues.

Le réveil sonne tôt, de son lit Lydie aperçoit la lune encore haute. Elle déplie son corps, s'habille, attrape le sac qu'elle a préparé la veille et descend dans sa Citroën C1. Elle traverse la Durance et grimpe vers Valensole. À l'est, une lueur froide irradie les montagnes, après les champs de lavande. Elle tourne à gauche dans le village et prend le chemin vicinal qui serpente entre les reliefs des contreforts du plateau. Elle s'arrête sur un terre-plein empierré. Personne ne passe sur la route à cette heure-là, mais il faut faire vite. Elle coupe des poignées de lavande qu'elle fourre dans un sac de toile. Elle déteste voler dans les champs, mais la vente de petits sachets de ces fleurs séchées qu'elle coud elle-même lui rapportera près de 200 euros fin juillet à la brocante des Mées. À 9 heures, elle est de retour, et met la lavande à sécher dans son appartement. En fin de matinée, Francine klaxonne dans la rue, Lydie descend.

– Je t'ai gardé une part de pizza maison et un yaourt à la framboise.

– Extra ! Je déjeunerai au village.

– Ça a été avec tes patients ? Tu leur parles de ce que nous faisons ?

– Bien sûr ! Tu sais, j'ai dans le coffre un sac plein de dons pour l'épicerie. Mes petits retraités sont à fond. Tu les verrais, certains m'ont même proposé de l'argent ! J'ai refusé, je leur ai dit qu'on ne prenait que les aumônes en nature.

Les gars ont bricolé un gibet planté dans un talus à l'entrée du village. Au bout de la corde se balance un mannequin vêtu d'un costume sombre. Sur sa tête est accroché le masque d'Emmanuel Macron. Francine et Lydie se photographient devant la potence, souriantes et vêtues de leur gilet jaune. Une femme les attend déjà devant l'épicerie. Elle leur explique que son mari les a quittés, elle et ses deux enfants, il y a dix mois et qu'il ne donne aucune nouvelle. Elle cherche du travail. Lydie remplit pour elle un cabas de victuailles et l'invite à rejoindre le mouvement.

– La société est féroce avec les femmes seules. Moi, mon jules s'est barré il y a dix ans maintenant. Du jour au lendemain, dès qu'il a su pour ma maladie. Mais on va changer la société, tu vas voir. Tu peux venir pour parler, pour ne plus être seule avec tes soucis. Ici c'est la révolte des petits, de ceux qu'on n'entend jamais.

La femme ne parle pas. Des cernes marquent son visage de deux grandes lunes sombres.

– Tu verras, ici personne ne juge. On ne te demandera jamais ce que tu fais dans la vie. Ici c'est le grand partage. Je suis sûre que tu es riche de grandes choses et peut-être que, toi-même, tu ne le sais pas.

La femme se cramponne aux anses du cabas.

– Dis-moi juste comment tu t'appelles.

– Samia. Je peux avoir une bouteille de Coca ? C'est pour les enfants. Je vous rapporterai le sac, je vous promets.

– Bien sûr Samia. On t'attend, moi je suis là toutes les après-midi.

Dans la grande baraque, la discussion commence. Les bancs sont disposés en un large cercle. Francine explique que c'est l'occasion de se rencontrer et d'exprimer librement ses idées. Chacun, à tour de rôle, prend la parole, comme chez les Alcooliques anonymes.

Une femme à l'allure sportive, vêtue d'un legging noir et d'un tee-shirt jaune fluo, lève la main la première.

– Je m'appelle Nadia. Je voulais vous dire que je suis dépitée par le monde dans lequel on nous entraîne. Depuis que je suis ici, je discute beaucoup avec d'autres Gilets jaunes, et ce qui ressort ce sont beaucoup d'histoires de misère. Ici j'ai rencontré des gens qui vivent en couple avec 500 euros. Jamais les médias ne parlent de ça. Je croyais que je vivais dans le plus beau pays du monde, je sais maintenant que je me suis trompée. Une énorme colère est née, je pourrais presque brûler un McDo pour me calmer. Aujourd'hui, mon rêve serait de vivre dans un éco-hameau où tout serait basé sur le partage et non pas sur l'argent. Et je pense que c'est possible. Ce n'est pas utopique, c'est possible, aidez-moi à y croire !

L'assemblée applaudit. Certains lèvent leur pouce pour signifier qu'ils approuvent ses propos. Un homme d'une quarantaine d'années se redresse pour parler :

– Je m'appelle Nicolas. Je travaille depuis l'âge de quinze ans. J'ai fait de l'apprentissage. J'ai un CAP de serveur. J'ai des notions d'électricien et aussi dans le secteur du bâtiment. J'ai même été apprenti fleuriste. En fait, j'ai essayé tous les corps de métier et aujourd'hui je suis intérimaire. On ne m'a jamais valorisé dans rien du tout. Pourtant, j'ai beaucoup de cordes à mon arc, mon CV, il fait trois pages !

Je veux vous dire que je me sens oppressé au niveau du salaire, du niveau de vie. Le prix des choses augmente et notre paie ne suit pas. J'ai retrouvé ici des gens qui sont comme moi, qui pensent comme moi. Il nous faut une révolution pour dire « Ça suffit ». Que le gouvernement arrête ses conneries. Les vieux ne peuvent plus vivre. Mon père a travaillé comme un forcené toute sa vie. Et puis un jour son genou l'a lâché, il s'est retrouvé sans rien. Il touche 400 euros de préretraite. Ma mère, elle a élevé cinq enfants, elle a fait des ménages, elle a été serveuse, elle touche 800 euros de retraite, et moi, j'ai quarante-cinq ans et je touche le Smic. Vous trouvez ça normal ? Ça me débecte. J'ai décidé de me battre pour que ça change.

Des plaques carmin mangent son visage et ses mains tremblent. La salle l'applaudit et lui crie de ne rien lâcher. Francine lui sert un verre de Coca.

– Prends un peu de sucre, ça te fera du bien.

– Je ne suis pas habitué à prendre la parole comme ça, tu sais.

Recueillie, la cabane semble prise d'une sorte de transe qui a saisi les Gilets jaunes présents. Enfin ils parlent. Ils osent exposer leur ressentiment, s'ouvrir aux autres, sortir le mal-être de leurs tripes. Gagnés par un courage collectif, ils partagent leurs faiblesses, dévoilent ces sentiments jugés honteux et trop longtemps refoulés. Depuis des années, ils vivent arc-boutés contre une société idéalisée de winners individualistes qu'ils ont chacun, à un moment de leur vie, espéré rejoindre. Les plus aisés ont construit des piscines et acheté des grosses bagnoles, les plus pauvres espèrent des logements sociaux et beaucoup croulent sous les dettes des crédits à la conso. Ce jour-là, sous le toit en bois de palettes recyclées, les masques tombent. Une femme se lève, elle doit avoir quarante ans.

– Je m'appelle Servane. J'ai un BTS de secrétariat. J'ai deux enfants et mon mari est chef de travaux chez Enedis. Moi, mon objectif premier, c'était de sauter dans l'ascenseur social. Pour faire une carrière, avoir les moyens de vivre, être autonome en tant que femme et puis avoir une retraite correcte. Mais depuis plus d'un an je suis au chômage. Je serai bientôt en fin de droits et je ne trouve rien. On vit dans une maison de trois pièces achetée avec un gros crédit sur vingt-cinq ans. Depuis que nous avons la maison, nous ne sommes jamais partis en vacances. On rembourse tous les mois 1 700 euros à la banque. On ne va pas tenir longtemps comme ça et pouvoir garder la maison. J'ai rallié le rond-point en janvier. Je passais en voiture et un monsieur m'a dit : « Garez votre voiture et venez nous rejoindre. » Je me suis rendu compte que ce n'était pas ce qu'on disait du mouvement à la télévision. Il y avait des gens vraiment de tous les bords. En fait, je suis restée parce que j'ai rencontré la vraie vie. Qu'on soit de gauche ou d'extrême droite, c'est notre frigo qui parle. Quand on a compris ça, alors les barrières tombent. Le pouvoir ne le comprend pas et nous traite comme des demeurés, et ça me donne une rage folle.

Lydie serre fort la main de Francine et se lève à son tour. Elle tremble. Elle commence à raconter son histoire avec une toute petite voix :

– Je m'appelle Lydie, j'ai quarante-huit ans. Je ne travaille plus depuis cinq ans à cause d'une spondylarthrite ankylosante. Une saloperie qui me détruit les articulations. Dans une dizaine d'années, je ne pourrai plus marcher. La Sécu m'a placée en invalidité et me verse une allocation qui me permet tout juste de vivre. Si je travaille, ne serait-ce que quelques heures par semaine, la CAF applique un abattement et je perds l'essentiel de mon allocation. La société me maintient en vie mais me condamne à la pauvreté. Dans les supermarchés, je regarde toujours les produits en bas des rayons. Je suis destinée à la marque Repère, aux poulets sous vide à 1,50 euro, aux baguettes à 30 centimes, aux pommes chimiques. Condamnée à manger de la merde, et à mourir plus vite encore. J'ai compris que si je voulais m'en sortir, je devais inventer ma survie. Alors je me suis mise à visiter les maraîchers des environs. Je leur achète pour quelques centimes les légumes les plus moches, les fruits tordus, les volailles abîmées. Et je les cuisine, j'en fais des conserves pour l'hiver, des confitures, et puis je fais mon pain. Avec une machine à coudre héritée de ma mère, je répare les fringues des copains. J'assemble des édredons avec des chutes de tissu, que je vends sur les brocantes. Je ne vous dis pas que c'est la belle vie, mais je reconstruis ma dignité. Et je crois que nous en sommes tous là, chacun avec une histoire différente, à vouloir nous battre pour retrouver notre fierté. Mais nous avons beau le crier et le hurler, personne ne le comprend. Militer avec vous, tenir l'épicerie à mi-temps avec Francine, me redonne de l'espoir. Je le paie cher en douleurs, toutes les nuits mon corps hurle. Mais je vis plus heureuse et tellement moins seule depuis que les Gilets jaunes occupent les ronds-points.

Pendant que Lydie parle, la cabane se remplit de monde. Francine pleure en regardant son amie. On se promet de poursuivre toutes les après-midi ces prises de parole tant elles font du bien.

Francine fume sur son balcon et ne se rappelle pas avoir vu le niveau de la Durance si bas. En amont, le lac de Serre-Ponçon doit être bien vide. Quand sa fille était petite, ils allaient en famille passer des samedis après-midi sur ses rives. Ils louaient un canoé et se baignaient dans les eaux froides descendues des glaciers d'altitude. Aujourd'hui, Margaud a vingt-deux ans et étudie à Lyon, elle travaille les week-ends pour payer le loyer de sa coloc et ne descend plus voir sa mère. Dans l'appartement, sa chambre sert de lingerie et Francine ne replie même plus la table à repasser qui occupe tout l'espace devant le petit lit une place. Il faudra bien se résoudre un jour à transformer cette pièce en chambre d'ami, pense-t-elle souvent. Elle aperçoit des hérons sur les bancs de gravier, au milieu du lit de la rivière. Pour un peu on pourrait la traverser à pied. Elle n'aime pas voir le flot si faible, elle le préfère au moment des crues hivernales, quand ses eaux grises bouillonnent et charrient des troncs entiers. Elle écrase sa clope dans le pot de géraniums et rentre.

Elle attend Steph, le père de sa fille. Ils ont vécu ensemble une dizaine d'années, jusqu'aux huit ans de Margaud. Il les a quittées au retour d'une mission sur une plate-forme pétrolière en mer du Nord. Passer trois mois comme soudeur qualifié sur un enchevêtrement de poutrelles d'acier au milieu de l'eau lui avait ouvert les yeux, avait-il dit. Il était parti vivre à Oslo, lui avait laissé l'appartement et avait payé le crédit pendant un an, le temps qu'elle trouve une solution. Il avait toujours été équitable sur le partage des frais. Steph était un macho, mais il était réglo. Il y a cinq ans, la médecine du travail avait trouvé des taches sur ses poumons et l'avait déclassé. Il a pris sa retraite anticipée et vit sur ses économies. Il vient parfois au village des Gilets jaunes où il fréquente un petit groupe qu'on appelle les « déters ».

Il frappe à sa porte à 21 heures. Francine le trouve encore séduisant malgré les années. Son visage s'est un peu affaissé mais il a toujours ses cheveux, et des épaules puissantes dans son hoodie noir. Elle lui offre une bière et ils s'installent autour de la table basse. Il rentre de Paris où il vient de passer quarante-huit heures en garde à vue.

– Comment ça s'est passé la manif ? Tu étais sur les Champs-Élysées ?

– Je n'étais pas loin.

– Où est-ce qu'ils t'ont chopé ?

– Avenue Kléber, on venait juste de retourner une petite voiture de bourge avec les copains. On était masqués pour ne pas être reconnus par les caméras. Mais c'est la BAC qui nous a topés. On ne les a pas vus venir, on a même cru un instant qu'ils étaient avec nous ! À quatre, on a basculé la Mini facilement et c'est une fois qu'elle était sur le toit qu'ils nous ont attrapés. Clés au bras, genoux sur le cou, on a essayé de se tirer mais on n'a rien pu faire. Au commissariat, les cellules étaient pleines de Gilets jaunes. Des dizaines, certains avaient du sang séché sur le crâne. Beaucoup arrêtés pour rien du tout, un mot de trop, une insulte. Dehors les flics étaient déchaînés. Les coups de tonfa pleuvaient, on a passé l'après-midi dans les gaz. Ils tiraient des lacrymogènes, des grenades partout, n'importe comment. Ils paniquaient.

– Tu n'es pas passé en comparution immédiate ?

– Non, il y avait trop de monde. Et puis je n'ai pas de casier et j'ai de bonnes garanties de représentation. Je passerai en procès plus tard, comme ça, j'ai le temps de me préparer et de trouver un bon avocat.

– Faudra le payer. Tu es interdit de manifestation ?

– Tu parles, si j'y retourne, c'est la taule direct ! Mais j'ai plein d'autres idées pour le mouvement. Avec les copains, on a acheté des brouilleurs de téléphone pour empêcher les types de BFM d'émettre avec leur portable. On a commencé à saboter leur direct et ça marche. On va les niquer, ces enculés.

– Tu as de quoi payer un avocat ?

– Pas tout. C'est pour ça que je suis là. Est-ce que tu pourrais m'aider ? Il me manque 1 000 euros.

– Tu n'as pas changé, Steph. Tu te prends encore pour Che Guevara, moi tu te souviens, c'est Gandhi mon modèle.

– Mais ça fait six mois qu'on manifeste et là-haut à Paris, ils n'entendent rien ! Tu penses que faire les Bisounours, ça sert à quelque chose ?

– Tu ne sais pas ce qui se passe au village, Steph. Hier, je faisais la permanence à l'entrée quand un papi s'est arrêté. Il avait bien ses soixante-quinze ans. Il est sorti de sa Megane avec dans les mains une bouteille de vin. Il nous a dit : « Tenez, c'est pour vous, pour vous remercier. C'est ma meilleure bouteille. » C'était un vosne-romanée, un bourgogne. On l'a dégusté avec les copains. Le meilleur vin que j'aie bu de toute ma vie. Le monsieur est reparti. On ne sait rien de lui mais son geste est magnifique. On n'avancera pas avec la castagne. Notre seule chance est de conquérir les consciences, pas de s'épuiser à l'affrontement. On a trop à perdre à ce jeu-là. On va paumer des copains, les flics ont commencé à crever des yeux, tu ne sais pas jusqu'où ça peut aller. On n'a pas besoin de martyrs.

Francine lui refuse les 1 000 euros. Elle les garde en cas de coup dur pour Margaud. Steph n'a qu'à prendre ses responsabilités. Il se lève sans finir sa bière, l'accuse de ne pas comprendre qu'ils n'ont pas d'autres choix que l'insurrection violente. Et lui dit qu'elle n'est qu'une femme stupide.

Le lendemain midi, elle retrouve Lydie au village. Un journaliste de *La Provence* a écrit un article d'une demi-page sur l'épicerie et, le matin même, trois femmes sont passées déposer des colis. Un toubib offre deux heures de consultations gratuites par semaine. La pauvreté sort un peu de son invisibilité, pour les deux femmes c'est une victoire.

Dans la grande cabane, un groupe d'hommes parle des ripostes à mener suite à la répression des dernières manifestations. Steph est parmi eux. Il ne lui adresse pas un signe. Francine écoute leur conversation. Un des types explique comment descendre un panneau d'autoroute. Il suffit d'incendier des pneus à sa base. Trois minutes chrono. Un autre, responsable d'une entreprise de dératisation des environs d'Aix, veut lâcher des centaines de rats à la perception. Son idée fait rire la dizaine de gars de l'assemblée. Steph parle de saboter les pylônes électriques de la vallée du Rhône. Francine est ébranlée de voir la cabane abriter ces idées de guérilla alors qu'elle souhaite avant tout que les gens s'unissent en dépit de leurs différences. Que les racistes apprennent au contact des familles de migrants à tempérer leur haine. Et que ces gros mecs, comme les appelle sa fille, comprennent que tout le monde partage la même galère et que c'est bien de cela qu'il faut sortir.

Pourtant, toute la semaine elle trimbale comme un remords son refus de prêter de l'argent à Steph. Lydie la rassure en lui disant qu'elle a bien fait et qu'elle n'a pas trahi la cause.

Le lundi suivant, trois blessés d'une grosse manif bordelaise passent au village. Ils tournent en France pour expliquer la situation aux « troupes de l'arrière », comme ils appellent les gens des villages et des ronds-points. Les types commencent par détailler les divisions dont dispose le ministre de l'Intérieur. On a des CRS, des escadrons de gendarmes mobiles, des compagnies de sécurisation et d'intervention, les flics de la brigade anticriminalité, ceux des brigades de répression de l'action violente motorisées (BRAV-M), et puis les unités équestres, en tout trente-cinq mille hommes équipés en RoboCop. Un des Bordelais raconte au public de la grande salle comment il a été frappé par un projectile de flash-ball dans la cuisse.

– J'ai passé deux semaines en réanimation après ma blessure. J'ai failli perdre ma jambe. Et pourtant, je remonterai en première ligne. Nous devons continuer à manifester, nous devons nous rendre tous les week-ends dans les grandes villes pour nous faire entendre.

Ses mots contre le pouvoir explosent comme des grenades. Son courage et sa détermination stupéfient les Gilets jaunes montés à Paris manifester.

– Vous soutenez la cause ? Vous êtes des Gilets jaunes, n'est-ce pas ? Je ne vois pas d'autre endroit où mener le combat. Il faut taper à la tête, à Paris !

– Oui, prenons l'Élysée ! hurle un « déter » dans le public.

Lydie s'approche de Francine. Les deux amies, si fières de leur épicerie solidaire et de l'aide qu'elles apportent aux plus démunis, se sentent accusées de lâcheté. Lydie puise dans le regard de Francine le courage de se lever et de répondre au Bordelais :

– Ici, au village, nous aidons les gens et ce n'est pas rien !

– C'est sympa ce que vous faites, tranche le Bordelais. Mais ça ne suffit pas. Tu crois que les sans-culottes tricotaient autour de la Bastille, tu penses que dans les soviets de 1917 les bolcheviques jouaient au Scrabble ? Nous devons nous battre, le pouvoir ne nous laisse que le choix de la violence.

– Aider les gens qui souffrent, ça ne compte pas pour toi ? dit Francine.

– Le temps de panser les plaies et de reconstruire une nouvelle société plus égalitaire viendra après le combat. D'ailleurs, je vous l'annonce, le préfet a demandé le démantèlement de votre campement. On a appris ça par un type qui nous rencarde à la préfecture. C'est une histoire de semaines. Ils ne veulent pas de nos bases arrière, ils ne veulent pas de nos campements qu'ils jugent illégaux. Je pense que tu comprends mieux où est la priorité maintenant.

Les jours suivants, des copains de la police municipale confirment l'information. Ils la tiennent des gars du service de nettoyage de la ville qui se préparent. Le campement sera détruit un matin à l'aube. Une compagnie de gardes mobiles appuiera un bulldozer.

Lydie et Francine aidées d'autres Gilets jaunes vident les rayonnages de l'épicerie, retirent les banderoles et les accrochent sur les ponts de l'autoroute A51. Une question agite le village : Faut-il faire des provisions de cailloux pour les frondes, remplir des bouteilles d'essence ou protester par une manifestation pacifiste et s'éviter des ennuis sévères avec la justice ? Francine et Lydie tentent d'argumenter que la photo dans *La Provence* d'une manifestation pacifiste devant un bulldozer venu détruire le village servira mieux le mouvement qu'un type masqué lançant une bombe incendiaire sur les flics. D'autres veulent en découdre et creuser des trappes dans le terrain pour piéger les gendarmes.

La nuit suivante, la lune éclaire le lit de la Durance. Francine fume sur son balcon. Il est 3 heures et elle ne dort pas. Elle enfile un jean, jette un pull sur ses épaules et descend sur le parking de sa résidence. Elle démarre sa voiture et roule jusqu'à l'Hyper U de Manosque pour faire le plein et remplir son jerrican de secours. Ensuite, elle se gare à distance du village fantôme des Gilets jaunes. Elle ouvre son coffre et marche vers l'entrée du champ, son bidon d'essence à la main. Elle asperge les planches de l'épicerie et celles de la cabane et lance dessus des allumettes enflammées. Surprise par la violence des flammes, elle recule vivement. Les feuilles d'un eucalyptus éloigné d'une vingtaine de mètres commencent à crépiter. Elle reprend sa voiture sans un regard pour l'incendie. Elle n'entend pas les cocktails Molotov exploser dans les braises de la grande salle.

Au distributeur d'une banque du centre-ville, elle retire 1 000 euros, glisse les billets dans une enveloppe sur laquelle elle écrit : « À mes illusions parties en fumée, pour ton avocat. »

Magda, fille de chagrin

Les premières notes de « La chevauchée des Walkyries » retentissent. À chaque coup de fil, c'est *Apocalypse Now* dans la poche de Soazig. Orlando, avant de partir en mer, a réglé cette sonnerie stupide et elle n'a pas pris le temps de la changer. La secrétaire de l'armateur appelle pour informer que le *Cap-Farvel* rentrera à quai demain en fin de matinée. Soazig la remercie, replace le Xiaomi dans la poche arrière de son jean et termine son repas.

L'annonce la laisse sans émotion particulière. Elle connaît bien cet état. Après deux mois de solitude, le retour d'Orlando annonce deux semaines d'agitation brouillonne. Dès son arrivée, son mari marin pêcheur tentera de rattraper le temps perdu. Il aura mille projets, mille envies, il finira par lui reprocher son manque d'enthousiasme et puis repartira en mer pour soixante jours. L'année précédente, elle a vécu seule trois cents jours. Bien sûr, ils ont payé la véranda et visité l'Italie, mais pour Soazig ce confort et ce dépaysement sont au prix du sacrifice d'une vie passée à attendre. Elle appelle leurs filles qui travaillent à Rennes. Toutes les deux promettent de venir le week-end suivant voir leur père. La belle-mère passera également pour le déjeuner du dimanche.

Elle téléphone à son coiffeur et lui demande de lui trouver un rendez-vous au plus vite.

– Vous êtes la troisième du *Cap-Farvel*, Soazig ! Il me reste un créneau demain matin à 9 heures. Une coupe et une couleur ?

Elle file au supermarché acheter des desserts, des steaks, des bières, deux bouteilles de Jack Daniel's et des biscuits apéritif pour les copains qui ne manqueront pas de passer à la maison.

Elle lance le grand ménage qui précède toujours les retours, change les draps, termine les lessives et le repassage. La machine à laver tourne, Soazig nettoie les vitres de la véranda. Par chance, elle ne travaille pas en cette fin de semaine. Elle passe l'aspirateur jusqu'au garage où elle époussette le banc de musculation d'Orlando. Sur le coup de minuit, la maison est nickel. Elle se détend enfin et parvient à se réjouir du retour de son homme. Elle se surprend même à le plaindre, deux mois de mer dans l'Atlantique Nord en cette fin d'hiver, il a dû en baver !

Elle suit sur MarineTraffic la progression du bateau

en approche. Quand elle le voit entrer dans les écluses de Saint-Malo, elle quitte Lamballe, s'arrête à la station-service laver la voiture et aspirer les sièges. Arrivée sur le quai, elle salue de la main les autres femmes venues chercher leur mari. Elles ne sont pas amies, des connaissances, au mieux. Les plus jeunes, avec les enfants à leurs pieds, marquent l'impatience, et quelques adolescents, lassés par ce rituel tant de fois répété, shootent dans les amarres qui traînent sur le quai.

Les premiers hommes descendent du navire par une porte ouverte dans la coque. Soazig voit Orlando installer l'escalier de la coupée avec Maurice le bosco. Lui ne la regarde toujours pas. Le travail et la maison sont des univers étanches, bien séparés. Une bonne demi-heure plus tard, il quitte enfin le bord avec son sac noir sur une épaule. Il a pris le temps de se raser et de mettre une chemise propre. Il sourit et dissimule du mieux qu'il le peut la fatigue de ces deux mois passés en mer.

Il la serre dans ses bras, mais ne l'embrasse pas. Il lui faut le temps d'arriver. Il lui dit qu'ils ont bien pêché, que la paie va être bonne.

Elle le laisse conduire. Dans la voiture, il demande des nouvelles de leurs deux filles et de la famille. Comme tout va bien, la conversation tourne court.

– Ta mère vient déjeuner dimanche. Les filles seront là demain. La chaudière est tombée en panne à nouveau. Le même problème que la dernière fois.

Elle ne lui demande pas de détails sur les deux mois de mer. Elle ne veut rien entendre sur les tempêtes, les blessures et les risques qu'il prend. Sur la place du Champ-de-Foire de Lamballe, il remarque que les platanes ont été élagués plus court que l'année précédente.

– J'ai obtenu de ne pas faire la débarque du poisson. J'ai deux vraies semaines de congé ! On va pouvoir en profiter, inviter des amis et visiter les filles à Rennes. Et puis on ira chez Peugeot pour choisir un nouveau modèle. Celle-là a fait son temps. On a pêché 800 tonnes, tu sais, c'est une belle marée. Si la prochaine tient ses promesses, on pourra se payer un voyage cet été. Tu voudrais aller où ?

Comment lui dire qu'elle n'a pas envie de voyager ? En vingt-cinq ans de mariage, ils n'ont jamais passé plus de deux mois complets ensemble à la maison. Elle souhaite simplement se poser avec lui et faire disparaître l'absence. Sans réfléchir, elle parle de la première destination lointaine qui lui vient à l'esprit :

– J'irais bien à Bali.

– Je pensais plus à la Californie. On demandera aux filles.

À la maison, il jette son sac au pied de l'escalier puis allume le poêle à bois avant de s'affaler sur le canapé.

– Tu viens te poser à côté de moi !

– J'arrive, tu veux une bière ?

– Carrément, j'en ai rêvé de celle-là.

Soazig se colle à Orlando. Il allonge les jambes sur la table basse et enroule son bras autour des épaules de sa femme. Elle pose son visage sur son torse. La chaleur revient. Mais, sans s'annoncer, une douleur lui foudroie les reins. Le spasme part du dos et descend dans le bas-ventre. Soazig demande à Orlando d'appeler les pompiers.

– Tu dois avoir des calculs rénaux, il paraît que c'est horrible. Pire qu'un accouchement.

– Regarde, je suis trempée ! Je me suis pissé dessus, heureusement que c'est du cuir.

Les secours embarquent Soazig et donnent rendez-vous à Orlando au service des urgences, à l'hôpital de Saint-Brieuc. Dans l'ambulance, elle se tord de douleur, entourée de deux pompiers désemparés. À mi-chemin, le secouriste en chef demande au chauffeur de sortir de la nationale et de se garer pour permettre au médecin des pompiers de les rejoindre. Les cheveux sombres de Soazig collent à son visage noyé de sueur. Le toubib rejoint l'équipage et l'examine.

– Vous savez ce qu'il se passe, madame, n'est-ce pas ?

– Je n'en ai aucune idée, dit-elle entre deux spasmes.

– Eh bien, vous accouchez !

– Je ne suis pas enceinte !

– Votre col est ouvert à dix centimètres, l'enfant arrive. Je vais vous aider.

– Nooon ! C'est impossible ! hurle-t-elle.

– Allez-y ! Poussez, madame ! Vous avez déjà eu deux filles, vous vous souvenez, n'est-ce pas ! Je vois déjà son crâne. C'est une fille. À vue d'œil, elle pèse trois kilos et elle a l'air en pleine forme !

Orlando attend sur le parking de l'hôpital l'ambulance, qui n'arrive pas. L'infirmier de l'accueil ne sait rien. Il brûle les clopes à s'en étouffer, comme à bord dans les pires tempêtes. Un vigile vient le voir et le prie de rejoindre l'ambulance de sa femme, garée sur une aire de covoiturage à huit kilomètres de l'hôpital. Orlando lui demande ce qui se passe, pourquoi elle n'arrive pas. Le type l'ignore.

Il roule comme un dingue, maudit les ronds-points qui le ralentissent. Il voit l'ambulance éclairée comme un sapin de Noël sur le parking et frappe avec son poing sur le métal rouge de la porte.

– Venez, dépêchez-vous, ne laissez pas le froid entrer, lui dit le médecin habillé de son uniforme de pompier.

Orlando remarque que la douleur a quitté le visage de Soazig, mais qu'elle semble perdue. Alors seulement, il entend les pleurs d'un bébé.

– Rassurez-vous, votre femme va bien, dit le médecin. Elle vient d'accoucher, vous avez une petite fille. Mes félicitations !

Orlando ne comprend pas, le médecin se moque de lui, pense-t-il.

– Soazig n'était pas enceinte, qu'est-ce que c'est que cette entourloupe ?

– Votre épouse elle-même ne savait pas qu'elle attendait un enfant avant l'arrivée des pompiers. C'est un déni de grossesse total. Votre enfant a grandi caché dans son ventre. Une grossesse à passager clandestin en quelque sorte.

– Je sais que ça existe, j'ai entendu l'histoire des congélateurs. Mais Soazig ? Et pourquoi nous ?

Sanglée sur le lit de l'ambulance, elle regarde son mari sans comprendre la situation. La douleur disparaît lentement et sur son ventre le corps étranger d'un enfant enroulé dans une couverture de survie s'agite doucement.

– Il est de toi, Orlando, je te le jure, dit-elle dans un souffle.

Il lui caresse le visage, puis il regarde l'enfant. Les cheveux de la petite sont noirs et tout collés, et ses paupières sont violettes. Les pompiers n'en reviennent pas. Ils n'ont pas osé couper le cordon. Ils font sortir Orlando de l'ambulance et roulent jusqu'à l'hôpital de Saint-Brieuc.

Les infirmières installent Soazig dans une chambre seule. L'enfant se réchauffe dans une couveuse placée près du lit de sa mère. Ses parents hébétés la regardent comme on considère un animal recueilli, un chat qui s'immisce chez vous pour ne jamais repartir. Leur vie se trouve bouleversée. La petite a choisi sa famille. Dans la chambre, personne ne parle. Orlando prend la main de sa femme.

– On va l'appeler Magda. C'est joli, Magda.

Soazig acquiesce d'un simple geste de la tête et tente un demi-sourire.

La première nuit, les infirmières la nourrissent avec des petits biberons de maternité pour laisser la maman se reposer. Orlando rentre chez lui vers 11 heures du soir. Il ouvre le frigo et dévore un camembert entier avec du pain de mie. Puis il appelle ses filles pour leur dire qu'elles ont une sœur. Leur surprise passée, les deux grandes, qui ont l'âge d'être maman, se montrent toutes les deux ravies et promettent d'aider leur mère.

Orlando s'installe devant l'ordinateur de la maison avec une bouteille de Jack Daniel's. Il explore la littérature du Net sur le déni de grossesse. Il lit que ça peut arriver à toutes les femmes, que l'enfant se blottit invisible sous les côtes ou le long de la colonne vertébrale. La femme confond les mouvements du fœtus avec des troubles gastriques. Wikipedia lui apprend aussi que le déni de grossesse est une stratégie défensive inconsciente qui protège la mère de l'angoisse d'enfanter.

Il boit le whiskey à même le goulot. L'alcool l'aide à

changer de point de vue. Des angoisses, gluantes comme un poulpe géant venu des profondeurs, l'assaillent. Peut-être qu'il n'est qu'un salaud, un putain de marin égoïste qui déserte la vie à terre et fait souffrir sa famille. Pourquoi a-t-il épousé Soazig ? Pour ne pas être seul quand il rentre à terre ? Qu'a-t-il fait ? Il a fondé, pour son seul confort, une famille sur une mer de larmes. Aux yeux de ses proches, il est un héros, mais devant l'ordinateur du salon, la bouteille de Jack presque vide à la main, il se dit qu'il n'est qu'un dégueulasse.

Dans sa chambre, Soazig ne parvient pas à dormir. Les infirmières refusent de lui donner le somnifère qu'elle réclame. Elle se pensait à l'abri des grossesses. Pourquoi se bousiller la santé à prendre la pilule tous les jours quand on baise si rarement ? Depuis deux ans elle a négligé toute contraception. À quoi bon ? Cette naissance tombe si mal, une môme à quarante-cinq ans, mais quelle tuile ! Les filles venaient juste de quitter la maison et pour la première fois Soazig pensait enfin à elle. Elle travaillait depuis peu et se libérait doucement de la tutelle bienveillante d'Orlando. « Je ne voulais pas de ce gosse ! J'aurai soixante-cinq ans le jour de ses vingt ans et je vais à nouveau devoir l'élever seule ! »

Elle trempe sa chemise de nuit de ses larmes. Pleure, ma fille, tu pisseras moins. Elle réalise combien les absences d'Orlando contraignent sa vie. Elle vit solitaire mais sans liberté, tenue par une longe invisible. Elle doit s'occuper de la maison comme s'il rentrait tous les soirs, ne pas lui dire quand elle sort, mentir quand elle va dîner chez des amis ou part en week-end, tout ça pour ne pas l'inquiéter, alors que c'est elle qui crève d'angoisse tous les jours qu'il passe en mer ! Elle doit protéger ses enfants des dangers de la vie et son mari des folles inquiétudes qui menacent le marin coupé du monde. La charge mentale des femmes de marins ?

Au réveil, elle échange avec la psychologue de l'hôpital. La jeune femme porte un badge avec un joli prénom, Noémie. Celle-ci lui conseille de suivre quelques séances. Soazig cherche ses mots, comprend qu'il faut entamer un processus de compréhension du déni.

– Je viendrai dans une dizaine de jours, quand mon mari sera reparti en mer. Je pense qu'il s'agit avant tout de moi.

Elle textote à Orlando d'acheter pour Magda des bodies, des pyjamas et une turbulette. Il a la matinée pour le faire, les visites ne débutent qu'à 14 heures. La petite dort, le gynécologue lui dit qu'elle et le bébé se portent bien.

– Nous allons vous garder en observation. Physiquement, vous êtes en pleine santé mais en état de choc, et cette parenthèse hospitalière doit servir à vous ressourcer. Votre mari pourra venir vous visiter à sa guise, il est important que lui aussi découvre qu'il est le père de Magda.

Soazig ne sait pas si elle a envie de voir Orlando. Il ne leur reste que douze jours avant son nouveau départ. À peine le temps d'installer la chambre de leur nouvel enfant, de récupérer le matériel nécessaire, d'informer la famille et les amis proches, de faire un ravitaillement à Carrefour, et il repartira. Alors, elle restera seule avec la mioche. Y aura-t-il seulement un peu de place pour des moments doux ?

Elle se lève et tente d'ouvrir la fenêtre de sa chambre. Un hélico se pose sur la grande croix blanche de la drop zone du parc de l'hôpital. S'il arrive quelque chose en mer à Orlando, c'est un engin comme celui-là qui ira le sauver, pense-t-elle. Elle se tourne vers le berceau et parle, pour la première fois, à sa fille :

– Toi aussi, petite Magda, tu as eu peur de l'hiver et tu t'es blottie au plus profond de moi pour te protéger.

Soazig ne se souvient pas d'avoir eu peur au début de sa relation avec Orlando. Elle date l'apparition de la trouille à l'hiver 1999, l'année du naufrage de l'*Erika* et de la tempête Lothar. Orlando passait les fêtes de Noël à la maison, l'oreille collée au poste de radio pour ne manquer aucun bulletin de la météo marine. Plusieurs fois par jour, il appelait ses copains pour prendre des nouvelles des navires restés au large. Son inquiétude avait ouvert en elle une brèche dans laquelle s'était immiscé le souffle froid de l'angoisse.

Magda, avec son petit visage empreint de l'étrange sagesse des nourrissons, fixe la clarté de la fenêtre.

– Tu n'as jamais entendu la voix de ton père pendant les neuf mois que tu as passés en moi. Je vais te raconter notre histoire. Je l'ai rencontré, j'avais dix-sept ans, lui vingt. Il naviguait depuis trois années déjà sur un chalutier du Guilvinec. Il était beau, baraqué, et il avait tatoué sur chaque avant-bras une hirondelle, ce petit oiseau fidèle qui retourne toujours nicher au même endroit. J'adorais l'attendre, je parlais à la mer pour qu'il revienne, pour que les poissons se laissent prendre et remplissent le chalut. Il rentrait tous les mois et roulait comme un fou dans sa R5 Turbo pour me retrouver. Comme on vivait tous les deux chez nos parents, on prenait une chambre dans un petit hôtel à Saint-Cast, en face de la plage. L'attente faisait monter l'envie de se retrouver, de se toucher. Ses escales étaient splendides. Rien ne nous était interdit, il avait du fric plein les poches.

Pour amadouer mon père, il rapportait à chaque fois une glacière pleine de lottes et de homards. Une dot de godaille qu'il lui payait en échange de moi et de mon corps. Après mon bac, j'ai arrêté mes études pour aller vivre avec lui au Guilvinec. Mes parents étaient fous de rage, je m'en fichais. Je le regardais partir sur son douzemètres. Ses collègues marins étaient nos amis, on faisait des fêtes aux Brisants. Le patron, le vieil Émile, m'a appris plein de choses sur cet univers que je ne connaissais pas.

À vingt ans, j'attendais ta grande sœur Mélanie et ensemble nous avons décidé de revenir vivre ici proches de nos parents. Nous sommes devenus raisonnables. Ton père a passé des brevets et embarqué sur ces navires de malheur qui prennent les hommes des mois durant. Je me suis retrouvée seule avec Mélanie, et puis Joséphine est née, quinze mois après. Il gagnait bien, on ne se plaignait pas. On a fait construire la maison. Je m'occupais de tout. Je me défonçais pour qu'il découvre plein de jolies choses à la maison à chacun de ses retours. Orlando m'appelait sa « tornade blanche ». On en avait fait un jeu. On ne se rendait pas compte qu'on se cramait. Lui à bord pour le fric, moi pour tenir la maison et éduquer tes sœurs. Tu sais, les couples qui sentent la lessive St Marc s'usent plus vite que les autres.

Quand il rentrait, il emmenait Mélanie et Joséphine au rayon jouets du supermarché. Elles pouvaient remplir le caddie de tout ce qui leur tapait dans l'œil. Je ne sais pas si tu connaîtras ça. Le retour à la maison était terrible. Ouvrir les emballages leur prenait deux jours. Et tout finissait par des pleurs. À l'école, les autres enfants les savaient trop gâtées et ne les aimaient pas.

Aujourd'hui, tu verras, elles sont solides et elles s'occuperont de toi.

La Walkyrie l'interrompt. C'est Orlando qui l'appelle pour lui demander si elle veut qu'il passe à la boulangerie pour lui apporter un goûter. Elle se sent soudain grosse et rejette l'idée du gâteau sucré. Il arrive quelques minutes plus tard avec un sac d'affaires pour la petite.

– Comment tu vas ? demande-t-il en entrant dans la chambre sans frapper.

– Regarde notre nouvelle fille. Elle est mignonne. On parle bien toutes les deux.

– Qu'est-ce que tu trouves à lui dire à ce bout de chou ?

– Je lui parlais de nous deux. De notre rencontre. De l'hôtel face à la plage.

– Je me demande s'il existe encore celui-là. Les prix ont dû doubler !

– Et toi, comment tu vas, Orlando ?

– J'ai une gueule de bois carabinée. À part ça, je ne sais pas, j'essaie de vivre sans me poser trop de questions. J'ai regardé sur internet, ce qui t'arrive est bien connu et touche les femmes de tous les milieux.

– Je suis comme les autres, alors.

– Je dis ça pour te rassurer, Soazig. Le bébé et toi, vous m'avez joué un tour pendable. Mais je comprends. Comment pouvais-tu vouloir d'un enfant avec un fantôme de père ?

– Mais je ne voulais pas d'enfant, Orlando !

– La petite s'est planquée pour vivre, pour échapper à la Korrigez qui prend les enfants. Tu ne crois pas ?

– Regarde-la, comme elle est belle. Je pense plutôt que c'est un petit ange venu nous dire que notre couple court à la catastrophe.

– Tu sais, Soazig, j'ai beaucoup réfléchi cette nuit. J'ai compris un truc essentiel, je ne suis pas le seul à me sacrifier pour la famille. Ton rôle à terre est compliqué, au-delà de ce qu'on imagine.

– À bord, tu n'as qu'à tenir et travailler. Ok, c'est difficile. Mais pense à moi ! Ici, je porte tout. Tu entends, Orlando ? Je porte tout. Je ne vis pas, ton absence confisque ma vie. Tu crois qu'une famille peut se construire sur le sacrifice de ses deux piliers ?

– Je ne peux pas travailler à terre, tu le sais. J'ai vécu trop longtemps en mer et j'ai encore sept ans à tirer avant la retraite des marins. On doit tenir jusque-là.

– Sept ans ! Mais c'est si long sept ans ! C'est presque toute l'enfance de ton nouvel enfant.

– Après le prochain voyage, je peux chercher un autre embarquement, moins exigeant. J'ai besoin de temps.

– Je ne sais pas si tu as compris. Tais-toi. Pas maintenant. Essayons de vivre cette naissance. Prends la petite dans tes bras et viens près de moi pour voir si le courant passe entre nous trois.

Orlando s'allonge avec Magda sur le bord du lit. Il cale la petite, qui ne se réveille pas, entre leurs deux corps. Il sent la chaleur de l'enfant. Cette sensation réveille chez lui un instinct animal de protection, une sensation inconnue.

Hélène, la mère d'Orlando, vient à l'hôpital le lendemain. Son mari, décédé d'un cancer du pancréas, fut un temps marin pêcheur. Comme à son habitude, elle s'est renversé le flacon d'Or bleu sur elle et son parfum occupe trop de place dans la chambre de l'hôpital, où Magda éternue deux fois. Orlando l'aide à retirer son manteau et se saisit du paquet de biscuits qu'elle a apporté. Passé les félicitations d'usage, Hélène parle franchement, comme à son habitude :

– Tu te sens la force d'élever seule cet enfant ?

– Maman ! Elle n'est pas seule, je suis là !

– Non, tu n'es pas là, Orlando. Ton argent est là et c'est important, mais toi tu es en mer. Je sais ce que c'est. Tu es sûrement trop vieux pour changer de boulot, mon pauvre fils, tu as de l'eau de mer dans tes veines après toutes ces années.

– Hélène, je pense que je vais m'en sortir. Orlando va voir s'il trouve un embarquement moins contraignant.

– À mon retour, je chercherai, je l'ai promis. J'ai bientôt cinquante ans et travailler comme matelot sur un chalutier du Guilvinec est devenu trop dur pour moi.

Porter les caisses, ne pas dormir pendant des jours… Je vais réfléchir. Appeler le syndicat et demander aux copains.

Orlando sait au fond de lui-même qu'il ne parviendra pas à changer de métier. Se lever tous les matins pour rejoindre une usine ou les locaux d'un mareyeur est impossible. Sa vie s'est inversée. La terre est le lieu de la fête, de l'amour de sa femme et de ses enfants, toutes ces émotions n'existent que le temps de l'escale. À la maison, l'envie de naviguer le reprend sans cesse. La soif d'océan lui dévore l'esprit. Plus que les furies de la mer, les câbles qui tranchent, les naufrages, il craint l'ennui terrestre. À bord, il dort peu ou mal, il vit enfermé, souffre de mille manques, mais il vit protégé de la lassitude d'aimer. Il cherchera un job parce qu'il l'a promis à Soazig, mais il se sent démuni face aux risques de la vie à terre.

Le dernier jour à la maison, Orlando achète un Maxi-Cosi pour que Soazig puisse se déplacer en voiture avec le bébé. Jusqu'au départ, il espère qu'elles l'accompagneront au bateau. Il prend le train à Lamballe jusqu'à Saint-Malo, pour la première fois de sa vie. Le TER passe par Rennes, deux heures, le double du temps par la route. Seul avec son sac sur le quai de la gare, entouré d'étudiants qui rejoignent leur fac pour la semaine, il regarde sur son téléphone les photos de Magda. Parlera-t-il d'elle aux copains du bord ? Ils le féliciteront mais aucun ne comprendra qu'il joue son couple sur cette séquence de vie.

À nouveau Soazig vit seule. Ses filles aînées passent dormir une fois dans la semaine à la maison pour s'occuper de leur petite sœur. « Magic Magda », comme l'a surnommée Mélanie, vit sa petite vie de nourrisson occupée par ses douleurs de ventre, ses diarrhées, ses fringales et les câlins. Joséphine s'amuse à renifler l'odeur si discrète de ses petits pieds. Elles envoient quelques photos à leur père.

Certains soirs, quand la météo est douce, Soazig sort se promener à la plage de la Grandville. Avec Magda collée contre son corps dans un kangourou, elle longe l'estran. Unie à sa fille par la chaleur de leurs deux corps, elle recherche les sensations volées de sa grossesse.

– Écoute, Magda, le bruit de la mer. Écoute ce va-et-vient de l'océan. Respire cet air venu du large. Tu sens l'odeur des algues, des crabes, des bigorneaux, l'odeur acide des fientes des mouettes ? Bientôt tu plongeras tes mains dans le sable gris, tu le laisseras couler entre tes petits doigts.

Elle se tourne pour que Magda regarde vers le large.

– Ton père est quelque part là-bas. Est-ce que tu l'as

oublié ? Sûrement. Tu auras peut-être peur de lui quand il reviendra. Il te couvrira de bisous, il te chatouillera les pieds et soufflera sur ton ventre pour faire vibrer ta peau. Il nous a promis de moins partir. Tu sais, ma mère m'avait mise en garde quand je l'ai épousé : « Ma fille, tu vas connaître l'absence, la solitude, et tu ne pourras blâmer personne, je t'aurai prévenue ! » Ce n'était pas très sympa de sa part, mais elle avait raison. Tant pis ! On a une vie différente, nous les femmes de marins. Nous sommes si bien toutes les deux. Dors ma jolie, pousse vite et grandis. Quand ton père reviendra, ce sera les beaux jours, nous irons tous les cinq pique-niquer sur cette plage. Tu auras presque quatre mois et tu pourras grignoter des petits morceaux de pain, goûter les fruits, sentir les fromages.

Soazig écrit le détail des journées de Magda sur un cahier Clairefontaine. Elle envoie des extraits à Orlando via WhatsApp pour lui donner l'envie de revenir :

> « La petite a souri aujourd'hui. Je lui ai acheté un nouveau pyjama elle est si jolie avec. Elle adore la plage de la Grandville. Les voisins sont venus prendre l'apéro, ils ont dit qu'elle avait tes yeux sombres. Mélanie et Joséphine passent toutes les semaines et jouent avec leur sœur. La maison est joyeuse. »

Orlando garde son téléphone dans sa poche pour ne manquer aucun message. Il répond par des émoticônes deux pouces levés, puis tape des cœurs bleus. Quand ils virent au rouge, Soazig triomphe.

– On fait du bon boulot, toi et moi, dit-elle à Magda. Cette fois, ton père peine à oublier la maison. Je suis certaine qu'il compte les jours.

En sortant de chez le pédiatre, place du Champ-de-Foire à Lamballe, Soazig assise au volant envoie ce message à son mari :

« Magda malade. Le docteur patauge. Elle perd du poids. Je m'inquiète. »

Orlando somnole sur sa couchette quand il le reçoit. Le bateau se débat dans une mer impraticable pour la pêche. Il entend les déferlantes briser contre la coque et submerger son hublot. Le chalutier croise au milieu de l'Atlantique Nord, au sud de l'Islande. Il se lève, arpente le couloir une vingtaine de fois pour se calmer. Quand il revient dans sa cabine, il a les coudes meurtris d'avoir heurté les cloisons à chaque coup de roulis. Il attend quarante-huit heures sans nouvelles de Soazig et enfin vient un message :

« Changé de lait. Guérie ! »

Orlando, soulagé, ouvre le dossier photo de son ordinateur et regarde l'étrange Magda. La force de cette petite vie restée cachée des mois dans le corps de sa femme le trouble. Dans sa cabine, il est pris d'une nausée inhabituelle, comme le retour d'un mal de mer oublié depuis si longtemps. La mer le rejette, les vagues obéissent à Magda et lui disent de rentrer. Sa fille est une magicienne, se dit-il, comme la fée Morgane qui sauva le roi Arthur. Orlando comprend : cette enfant si menue porte en elle le pouvoir de le transformer en terrien, de lui faire pousser des racines.

Nous étions libres

Devant la station Rihour de Lille, Marc renonce à descendre les marches du métro pour ne pas écraser la cigarette allumée qu'il tient entre ses doigts. Les jambes lourdes d'un réveil à 5 heures du matin et de huit heures passées à servir les clients de la brasserie, il se dit que trois kilomètres à pied l'aideront à décompresser. Il fait beau. Il détaille la ville. Place du Général-de-Gaulle, des grues installent la grande roue de Noël. Des badauds regardent le périlleux assemblage et frissonnent, surpris par la première vague de froid de l'année. Les vendeuses des magasins décorent leurs devantures, de petits haut-parleurs attireront bientôt le chaland. Le centre-ville de Lille s'orne des apparats de la vie heureuse.

Marc marche insensible à ces promesses de sucre et de douceurs. Il vient d'avoir cinquante ans, une barbe noire de trois jours dissimule des joues rebondies qui élargissent son visage. Il porte un sourire joyeux souvent éteint par des yeux bleus mélancoliques. Ses cheveux foisonnent sur les tempes mais négligent le sommet de son crâne. Il est de taille moyenne, il a le corps épais du type qui a perdu depuis longtemps l'obsédante bataille contre le surpoids.

Il marche vers le sud, traverse les quartiers mornes des grandes avenues autour du parc Lebas. Passé la porte d'Arras, il retrouve l'odeur des poulets grillés dans les rôtisseries des boucheries halal. Des jeunes en scooter tracent des arabesques de gomme sur le bitume entre les rangées de voitures sagement garées. Il croise des dames avec leur chariot de courses qui reviennent du marché de la place Edith-Cavell. Rue Pline, il demande du feu à un homme qui fume à une fenêtre. Il ralentit le pas pour se donner le temps de terminer une nouvelle cigarette. Au moment de traverser sa rue, il entend son chien aboyer. Quand il ouvre la porte d'entrée, le petit bâtard noir tourne sur lui-même dans le couloir comme un dément. Il a appelé son chien Bémol en espérant qu'il baisserait d'un ton, mais le cabot aux oreilles pointues n'en fait qu'à sa tête.

Il grimpe les marches usées d'un escalier de pin verni qui mène à son appartement où il vit avec Perrine et leurs deux enfants. Il jette sa sacoche sur la table de la cuisine et se sert un café. Sa femme travaille ce samedi après-midi et les enfants sont en vadrouille. Il s'assoit dans le grand canapé de cuir du salon et tente de calmer sa rumination intérieure que la marche n'a pas apaisée.

Quand il est seul à la maison, il s'égare dans des rêves éveillés et revit les saynètes de sa vie d'avant. Marc n'a pas toujours été serveur. De 2007 à 2011, il a dirigé le Pacific, un bel établissement de la banlieue de Lille. Cent couverts le midi, jusqu'à cent quatre-vingts le soir. Une belle carte, une belle clientèle.

Installé dans son canapé aux coussins fatigués, le museau de Bémol plein de bave sur sa cuisse, il se revoit tourner entre les tables du restaurant, frôler les clients comme un avion furtif, proposer des coupes de champagne à ceux qui ne désiraient qu'un demi et imposer des cocktails aux plus radins. Il se souvient des visites des représentants des maisons vinicoles du Bordelais. Ils l'invitaient souvent à déjeuner et avec eux il apprenait à déguster de grands vins. À l'époque, il se passionnait pour les arômes de chêne, détectait les parfums de fruits rouges. Un jour, un représentant de vins du Languedoc l'avait initié à la minéralité des faugères.

Il renverse sa tête sur le coussin, caresse le chien et respire lentement, pour mieux se souvenir. Le doux opium de ses pensées emplit l'instant. Marc aimait célébrer avec son équipe les belles soirées du Pacific, tous réunis, ils se racontaient les remarques des clients amusants et se remémoraient les perfidies des odieux. Il invitait même les habitués à se joindre à eux. Perrine, sa femme, le retrouvait au restaurant une fois les enfants couchés. Elle passait entre les tables pour vérifier que les clients du troisième service ne manquaient de rien, s'occupait du vestiaire et riait avec les convives. Marc n'avait pas de salaire pour elle, mais il parvenait à lui payer quelques extras, de temps en temps. Perrine s'accommodait de ces arrangements. Sur son compte Facebook, il avait laissé une photo de son couple prise dans la grande salle du restaurant dressée pour le réveillon, lui en costume sombre, elle en robe longue à l'encolure soulignée de quelques strass. Il agissait comme si l'affaire lui appartenait, oubliant qu'il ne possédait rien, qu'il n'était que gérant. Le Pacific fut une bulle de bonheur. Au bout de quatre années, le propriétaire prétexta un changement de carte et une rénovation complète de l'établissement pour le mettre à la porte.

Marc craint d'oublier le goût des bons vins, les mots d'esprit échangés avec ses meilleurs clients, les parfums des femmes au moment où leur manteau glissait de leurs épaules vers le vestiaire.

Après deux années de chômage, il a retrouvé un boulot de serveur dans une simple brasserie où les fragances bon marché le dégoûtent. Il sert des boissons sans panache, des planches de charcuterie ou de fromages de mauvaise qualité. Ses collègues sapent son ambition, lui brisent le moral avec leur défaitisme. Surtout Alain avec ses phrases toutes faites :

– Nous, le peuple, on se prend tout dans la gueule. Les guerres, les crises, l'insécurité, le déclassement, c'est pour nous. Tu pensais avoir réussi ta vie mais tu as pris le mur, le gros mur, bien lourd fait de parpaings épais. Ce mur, c'est la société d'aujourd'hui. Tu t'es fracassé dessus, il n'a même pas vibré !

Marc convient que son licenciement est une saloperie qui l'a assommé, mais il refuse de penser que son avenir se limite à jongler dans un bar entre les tables avec un plateau de service et un torchon au bras. Il déteste ce statut de limonadier de quartier qui travaille soixante-dix heures par semaine pour ne gagner que le Smic.

La lumière de fin d'après-midi court sur les toits de tôle ondulée des anciens ateliers que l'on aperçoit par les fenêtres du salon. Marc repousse Bémol, se lève du canapé, traverse le salon et ouvre les portes du buffet en faux merisier de la cuisine. Il fouille une étagère encombrée dont il retire un tote bag assez lourd. Il le pose sur la table et écarte les poignées du sac pour en extraire une poche de plastique pleine de dizaines de pièces de monnaie qu'il renverse sur la table. Nous sommes à la fin du mois et il casse la tirelire pleine de ses pourboires. Les pièces jaunes roulent. Il sourit comme un môme devant ce rituel institué depuis ses premiers contrats. Cette petite comptabilité a le goût sucré de l'argent de poche.

243 euros et 20 centimes. Soit deux seaux de tabac

avec les tubes à remplir et 20 euros pour chacun des gosses. Ce n'est pas si mal, se dit-il. On aura de quoi fumer et Théo et Amélia pourront s'acheter des petits trucs.

Les cheveux noirs de Perrine coiffés en arrière ondulent finement dans les reflets du beurre de karité. Ils contrastent avec la carnation pâle de son visage ovale. Elle porte une robe sombre sur des collants noirs opaques. Elle travaille pour une marque de robes de mariée dont la boutique lilloise se situe dans une rue pavée disputée par des enseignes à la mode. Son CDD court jusqu'à la fin du mois et elle espère le voir renouvelé. Elle ne connaît pas grand-chose au monde du prêt-à-porter, mais la gérante de la boutique, une habituée du Pacific, a accepté de la prendre à l'essai vingt heures par semaine. Perrine consigne dans un ordinateur les mensurations des clientes et les options retenues : robes de mariée en tulle brodé, en soie mikado avec un col bateau ou un décolleté en forme de cœur, du 36 au 58. Le catalogue de la marque fait cinquante pages. Les robes choisies sont assemblées en Turquie, puis une couturière les ajuste sur place, après le premier essayage.

Perrine ne voit pas la clientèle. Les vendeuses sont toutes des jeunes femmes en tailleur, aux jambes souples, qui s'accroupissent aux pieds des clientes avec leurs escarpins à talons mi-hauts. Elle travaille à l'écart dans un bureau borgne qui donne sur une cour pavée.

Perrine est née à Mayotte. Sa mère, une infirmière d'origine malgache, et son père, originaire de Châteauroux, qui travaillait à la municipalité de Mamoudzou, disparurent ensemble dans un accident sur la route nationale de l'île. Fille unique, elle ne passa jamais son bac. Elle rencontra Marc quelques mois après le drame sur une plage où elle pique-niquait avec ses amis du lycée. Il venait de Clermont-Ferrand et travaillait dans un restaurant touristique de l'île. À dix-huit ans, elle se donna à lui, ne pensant qu'à fuir Mayotte pour s'éloigner des fantômes de ses parents. Ils se marièrent discrètement à Villejuif, où ils vécurent à peine trois mois. Marc, fraîchement diplômé d'une école hôtelière, entraîna sa femme à la découverte de la France. Il apprenait son métier et elle le suivait, embauchée comme extra dans les restaurants qui employaient son mari. Elle accoucha d'Amélia le jour de ses dix-neuf ans. Ils vivaient alors dans un petit appartement à Nevers. Marc était chef de salle au Métro, une brasserie de la place de la Résistance. Perrine venait le chercher à la sortie de son service du midi. Ils se promenaient dans le parc Roger-Salengro, avec leur fille calée dans une poussette achetée chez Emmaüs.

Après Nevers, où ils vécurent deux ans, ce fut Toulouse (dix mois), Gap (six mois), Metz (neuf mois), puis Lille. Marc ne trouvait jamais goût à se poser. À ses yeux, les patrons de brasserie ne lui témoignaient pas la reconnaissance que son travail méritait et les clients le traitaient comme un simple domestique. Il savait qu'un destin supérieur l'attendait quelque part.

Perrine n'est jamais retournée à Mayotte, ne se sentant pas assez solide pour réunir ses deux univers. Elle se demande parfois comment ses parents, s'ils avaient vécu, auraient jugé sa vie. Son père n'aurait sans doute rien dit. En revanche, sa mère lui aurait sûrement demandé de se libérer. Elle, jeune femme malgache dans les années 60, s'était battue pour entrer dans une école d'infirmières. Perrine se moque bien de ces histoires d'émancipation féminine. N'a-t-elle pas choisi son destin ? À ce titre, ne mérite-t-elle pas aussi le respect ?

La journée est intense à la boutique. Les futures mariées montrent toujours une exigence particulière dans le choix de leur robe. Perrine se retrouve avec une pile de commandes à reprendre. Elle quitte le magasin plus tard que prévu, enclenche l'alarme et tire le rideau de fer. Elle traverse la grande place de Lille peu après 20 heures et marche vers le métro, qu'elle attend dix minutes. Elle croise sur le quai une patrouille de quatre soldats de l'opération Sentinelle équipés comme s'ils partaient au front. À chaque fois qu'elle voit des militaires, elle repense à un moment précis de leur vie à Metz quand un type, de passage dans la brasserie de Marc, lui avait raconté qu'il pouvait gagner de l'argent en conduisant des camions de ravitaillement vers la Bosnie pour l'ONU. C'était en 1995, les combattants serbes encerclaient Sarajevo depuis trois ans. Le recruteur s'appelait Rémy et il déballait un peu facilement un passé d'ancien soldat des forces spéciales. Perrine ne l'aimait pas parce qu'il excitait chez Marc des rêves d'ailleurs et d'aventures.

Elle se souvient parfaitement du départ de Marc en plein hiver au volant d'un camion de ravitaillement et de sa solitude dans leur petit deux-pièces de la rue Bernanos. Amélia avait deux ans.

Marc ne revint que début mars 1996, avec 15 000 euros en liquide dans une enveloppe de papier kraft. Ils achetèrent une voiture et partirent se promener une semaine sur la Côte d'Azur.

Elle n'avait pas oublié la grande explication qui avait suivi l'agréable séjour entre Saint-Raphaël et Menton. Au retour, dans la voiture qui roulait vers le nord sur l'autoroute A6, ils manquèrent de se séparer. Vers Avignon, alors qu'Amélia dormait dans son siège bébé, Perrine laissa exploser sa frustration. Elle cria son besoin de stabilité à Marc qui ne parvenait pas à revenir de son aventure. Deux cents kilomètres de tension et d'échanges agressifs pour parvenir à décider de tenter leur chance à Lille, berceau familial de Marc et ville à taille humaine, paisible et abordable. Pourquoi ne pas y vivre vraiment, s'y faire des amis et avoir une vie sociale ? Dans le Nord, ils trouveraient peut-être un CDI, un endroit où se poser…

Marc fut embauché dans un restaurant comme chef de rang. Ils louaient une petite maison avec un carré de jardin et choisirent un chien à la SPA. Perrine s'occupait d'Amélia et de Théo, leur fils qui venait de naître. Cette vie simple lui convenait. Au printemps, ils filaient à la mer en voiture avec dans le coffre tout le catalogue des jouets de plage de chez Décathlon, des quilles, des cerfs-volants, des boules de pétanque colorées, des buts de foot gonflables, des chaises pliantes, des gourdes réfrigérées. Amélia et Théo s'amusaient sur le sable. Perrine et Marc fumaient en les regardant. Au moment des grandes vacances, les petits partaient quinze jours en colonie de vacances. C'était il y a quinze ans déjà.

En sortant du métro, Perrine s'arrête au Bosphore, rue Pline, pour commander un kebab-frites. Il est tard, et à cette heure-ci, à la maison, chacun a déjà dîné. Les horaires disparates de Marc ont depuis longtemps bousculé les habitudes familiales. Le patron originaire d'Ankara la reconnaît et lui apporte un Coca.

– Alors, Perrine, tu sors du boulot ?

– Comme tu vois, Mehmet, je travaille en ville en ce moment.

– Toujours dans les restaurants ?

– Non, je suis maintenant dans les fringues de luxe.

– Bon, je te le redis, si un jour tu cherches du boulot, nous, on est prêts à t'embaucher pour les soirées du week-end.

Le sandwich arrive vite, il déborde de tomates et de viande grillée. Elle ne remarque ni le goût du sel ni celui des épices. Une larme gonfle dans son œil gauche. Elle la laisse couler jusqu'à ses lèvres. Pourquoi raconte-t-elle à tout le monde qu'elle vend des robes de mariée à 5 000 euros, alors qu'elle ne tient que le registre des commandes dans un bureau sans fenêtre ? Elle reste un long moment assise à observer les allées et venues des clients, les gestes cent fois répétés de Baran qui remplit les sandwichs et renverse les frites sur un plateau d'inox. Ce samedi soir, le snack tourne à plein régime, les clients veulent être servis le plus vite possible pour emporter leur kebab dans leur voiture et le manger en écoutant de la musique. Elle repense à la proposition de Mehmet et sourit en se disant qu'elle trouvera un job pour survivre, ici au royaume des frites et de la sauce samouraï. Elle installe ses écouteurs dans ses oreilles pour s'enivrer de Céline Dion. Sur le trottoir de sa rue, elle esquisse quelques pas de danse sur une de ses chansons préférées : « I'm Alive ».

Perrine et Marc n'ont plus de voiture depuis deux ans. Le coût du carburant et la sévérité du contrôle technique les ont contraints à se séparer de leur vieille

Citroën diesel. Ce lundi matin, ils attendent tous les deux le bus 35 qui les emmènera au supermarché. Marc a pris les cabas. Perrine tape du pied pour se réchauffer. Tous les quinze jours, ils vont au ravitaillement. Marc aime cette corvée, même si la chute de leur pouvoir d'achat les prive des produits gourmands.

– On prend du Coca ? demande Perrine.

– Imagine une seconde qu'on revienne sans Coca ! L'émeute.

Devant les armoires frigo du hard discounter, Marc soupèse un poulet cuit et fumé : 2,50 euros, date limite de consommation de trois semaines. On propose vraiment de la merde aux pauvres, pense-t-il. Devant les côtes de porc à 1,50 euro, il soupire et place trois barquettes dans le chariot. La suite des courses se fait de manière mécanique. Les incontournables produits de la cuisine familiale remplissent le caddie qui déborde en arrivant à la caisse. La note se déroule comme un parchemin. Perrine vérifie une dernière fois la liste des courses pour s'assurer que tout y est :

. 3 grands sachets de pain carré
. 8 sacs de gruyère râpé
. 4 morceaux de Leerdammer sous blister
. 4 sachets de tranches de fromage carré
. 3 flacons de pastilles de Javel
. 2 bouteilles de détartrant à WC

. 4 boîtes de sucre
. 2 pots de moutarde
. 5 bouteilles de shampoing
. 3 flacons de déodorant
. 4 gels douche de différents parfums
. 3 flacons de crème corporelle
. 24 pots de flan aux œufs
. 24 yaourts aromatisés
. 6 berlingots de crème légère
. 3 paquets géants de céréales au chocolat
. 4 sachets de laitue iceberg
. 3 boîtes de steaks hachés
. 3 paquets de boulettes de viande
. 6 canettes de Coca
. 8 bouteilles de 33 cl de bière d'abbaye
. 6 paquets de pâtes
. 3 kilos de riz
. 8 boîtes de lardons
. 1 grand pot de Nutella

Marc pousse le chariot. Perrine, les doigts dans le grillage, tire l'attelage. Les roues se bloquent dans les irrégularités du trottoir. Sur la chaussée, les automobilistes les regardent comme on détaille des chapardeurs pour se souvenir de leur allure avant d'appeler la police. Perrine, trop couverte, transpire. Marc lui demande de tirer plus fort. Quelle idée de faire les courses en pleine journée ! Habituellement ils sortent dans la pénombre après 18 heures. Pour motiver Perrine, Marc rit, parle d'un moment sportif, de la belle équipe qu'ils forment tous les deux.

À l'appartement, Amélia et Théo les aident à remplir les placards et le frigo dans la bonne humeur.

– Les enfants, on a fait les courses pour quinze jours, à vous de gérer les yaourts. Un par repas, pas plus, précise Perrine. Ce soir on dîne tous ensemble, soirée croque-monsieur !

À Théo revient toujours la corvée de rapporter le caddie, avec une prime de 4 euros accordée par les parents pour sa peine ! Âgé de quatorze ans, en troisième, il porte fièrement une tignasse brune frisée héritée de sa grand-mère malgache, qu'il noue en chignon. Il garde de l'enfance des joues rondes qui rougissent à chaque changement d'humeur. Ses yeux noirs peinent à fixer le regard des adultes. Personne ne sait s'il a terminé sa croissance ou s'il restera de petite taille. Il aime le foot, l'heroic fantasy et Minecraft.

Il se fout royalement d'être vu avec le caddie. Son parcours, savamment tracé, rallonge la distance vers le supermarché, mais privilégie le bitume de bonne qualité. Sur ces itinéraires choisis, il patine avec le chariot comme sur un skate en essayant de battre son record de vitesse. Son corps se déhanche pour négocier les virages.

Parfois, il raye quelques voitures mais l'obsession du chrono le dispense de s'en préoccuper. Dans le dernier bulletin, son professeur principal a dressé un portrait peu flatteur de l'ado : « Pas trop vite le matin, doucement le soir, voici Théo. » La remarque faite pour le réveiller l'a propulsé en vedette populaire du premier trimestre ! Cette année, il doit réfléchir à son orientation. Il s'arc-boute sur une certitude : jamais, au grand jamais, il ne s'inscrira à l'école hôtelière. Il ne veut pas de la vie de merde de ses parents. Arrivé sur le parking du hard discounter, il remet le chariot en place et se sent volé quand il trouve dans le manche un jeton en plastique à la place de la pièce de 1 euro.

Restée à l'appartement, Amélia sort de sa poche un chouchou avec lequel elle attache sa longue chevelure brune. Son front bombé garde de l'enfance une petite cicatrice en triangle, souvenir d'une chute, un week-end au Tréport, sur les cailloux de la digue. Elle s'est secrètement promis de réussir son bac, de trouver un boulot et de quitter la maison. D'un coup de couteau, elle tranche le paquet de pain de mie dont elle dispose les tranches en pyramide. Dans un saladier, elle verse le contenu de trois sachets de fromage râpé puis empile dans une assiette les tranches de jambon qu'elle coupe en quatre.

Perrine réchauffe une béchamel toute faite. Théo, qui

vient de rentrer, étale le beurre sur les tranches de pain. Marc en bout de table vérifie la température du moule électrique. Il ajoute le jambon, la sauce et enfourne. Les croques sortent de l'appareil roussis avec sur le dessus le dessin d'une coquille Saint-Jacques.

Tous les quatre adorent ces rares soirées familiales. Les odeurs du fromage fondu et du pain grillé resteront après l'enfance, bien après le départ d'Amélia et de Théo de la maison, et elles valent toutes les madeleines du monde. Ces soirs-là ils cuisinent pour la postérité. Marc ouvre des bières. Les croques se dévorent chauds, dès leur sortie de l'appareil. Il en restera pour le repas du lendemain.

Au dessert, Marc prend dans le congélateur un pot de glace au chocolat retrouvé en rangeant les courses. Il en époussette le givre au-dessus de l'évier. Les mains dans le froid, il se sent fragilisé dans ce moment de bonheur par une saloperie de sentiment d'angoisse.

– Les enfants, dans trois semaines arrivent les vacances d'hiver. Qu'est-ce que vous avez prévu ? demande-t-il.

– Ben rien, dit Théo. Tu sais bien qu'on ne sait pas trop quoi faire à part regarder la télé.

Amélia acquiesce.

– Vous ne voulez pas essayer de faire quelque chose de productif pour une fois ? s'énerve Marc.

– De productif ?

– Qui vous servirait à quelque chose.

– On ira promener Bémol, répond Amélia.

– Ah bravo, rien de mieux ? Vous ne pourriez pas essayer de chercher des petits boulots ? Ça nous aiderait avec maman. Je ne sais pas si vous avez remarqué, mais c'est un peu dur en ce moment.

– Mais on est encore mineurs, papa ! Je suis allé chez McDo, ils m'ont dit de revenir déposer un CV après mes dix-huit ans.

– Et du baby-sitting, des services à la personne ? Allez traîner dans les boulangeries, il y a souvent des petites annonces. Ou renseignez-vous à la mairie. Je n'en peux plus de vous voir vautrés sur le canapé avec le chien.

– Papa, ça fait cinq ans qu'on n'est pas partis en vacances. Ce n'est pas facile pour nous. Quand j'avais dix ans, vous nous aviez parlé d'aller un jour à Mayotte rencontrer la famille de maman. Mais vous n'avez jamais eu ni le fric pour les billets ni le temps pour aller là-bas. Il faut penser un peu à nous aussi, répond Théo, écarlate.

– Tu sais ce que sont les vacances pour moi, papa ? demande Amélia. Eh bien, c'est quand tu arrêtes de te lever à 5 heures du matin pour aller travailler ou de dormir jusqu'à midi parce que tu as fait la fermeture à la brasserie. Pour moi, les vacances, c'est juste ça. Quand on peut faire du bruit le matin à la maison. Ce n'est pas grand-chose, tu trouves ? Pourtant, c'est ça, juste ça.

Alors, là tu débarques et tu nous demandes de faire « quelque chose », alors qu'on n'en a jamais parlé avant. Franchement, c'est lourd.

Théo et Amélia vexés se lèvent. Perrine fusille Marc du regard.

– On passait un bon moment. Il a fallu que tu gâches tout, elle a raison Amélia, tu es lourd.

À son tour, elle se lève et quitte la cuisine. Marc attrape son paquet de cigarettes et descend avec le chien. Dehors, il fait froid et humide, la chaussée glisse, vernie par une récente averse.

Il marche jusqu'au bout de la rue déserte. Le kebab est resté ouvert, quelques scooters prennent la pluie. Marc allume une cigarette. Encore une fois, il a gâché une soirée joyeuse. Il sait qu'il va devoir prendre un cachet pour dormir. Il marche jusqu'au pont qui franchit l'autoroute A25 près de la porte d'Arras. Bémol tire sur sa laisse. Là, sous la rambarde, il y a ce no man's land qui jouxte la voie ferrée. Une gigantesque zone avec des caravanes sans roues, des baraques de cartons et de planches. Une fumée âcre de bois et de plastique brûlés monte vers lui, l'odeur du campement des exclus, celle de la pauvreté.

Bémol, qui a l'habitude de l'accompagner dans cette promenade, s'assoit. Marc se penche sur la rambarde et observe la zone. Ses yeux s'habituent à l'obscurité, il devine des silhouettes entre les tas de tôles. Les Roms vivent là depuis trois ans. Il imagine la vie de ces ombres qui circulent entre les abris et les caravanes. Leur détresse le dépasse. Il ne comprend pas comment ils peuvent vivre ainsi et continuer de croire en la vie. Sa cigarette envoie sa lueur vers le bidonville. Sa clope mal tassée qui s'éteint rapidement. Il jette le mégot vers le campement.

Les lettres de son nom, vieillies et peintes dans les couleurs de l'enfance, s'écaillent sur la porte de la chambre d'Amélia. Elle s'est réfugiée dans son lit et discute avec Yohan, son ami. Il a vingt ans, travaille chez un peintre en bâtiment et possède une voiture, mais il vit encore chez ses parents. Il se lève tôt pour rejoindre ses chantiers, elle aime son énergie. Yohan lui donne de la force. Il a les cheveux en brosse et quelques boutons d'acné, souvenir d'une adolescence qui lambine sur sa peau. Elle kiffe ses mains et ses ongles blancs de peinture.

Allongée sur son lit, perdue dans ses quatre oreillers, elle lui envoie des messages tapés à la vitesse de l'éclair :

Oklm enfin.
Btg ?
Jpp, mon daron !

Balek chérie, miskin.
Ouais, Yolo !
Jtm.
Jtm[1].

Ils se donnent rendez-vous le lendemain. La voiture de Yohan leur sert de studio. Il y a du Coca, des feuilles à rouler et le carton des paquets de biscuits pour faire des filtres. Amélia a toujours un peu d'herbe sur elle. Pour l'acheter, elle vole des euros dans le sac des pourboires de son père. Elle sait qu'il tient une « comptabilité » de fin de mois. Il lui suffit de se servir discrètement autour du 15. Quand Yohan a de l'essence, ils roulent vers les marais de Péronne, garent la voiture dans un petit chemin tranquille et ils font l'amour. L'hiver, Yohan laisse le moteur tourner pour le chauffage. Il aime le grain de peau légèrement hâlé d'Amélia. Il se demande s'il pourra après elle coucher avec des filles à la peau blanche.

– Tu crois que tes parents baisent encore ? lui a demandé un jour Yohan.

– Ça m'étonnerait.

– Pourquoi tu dis ça ?

1. Au calme, enfin. / Bien dans ta grotte ? / J'en peux plus de mon daron ! / Tu t'en bas les couilles chérie, pauvre type. / Ouais, you only live once ! / Je t'aime.

– À cause de ce qui s'est passé dans le restaurant où mon père travaillait avant de se faire virer il y a deux ans.

La dernière année du Pacific, Amélia avait quinze ans et passait de temps en temps pour aider. Elle rangeait les bouteilles vides, nettoyait les frigos et gagnait un peu d'argent de poche. Une après-midi, elle avait vu son père enlacer la femme du chef cuistot.

– Il baisait la meuf dans la remise.

– Il t'a vue ?

– Je ne pense pas, j'étais choquée, je ne me souviens pas de tout.

La meuf s'appelait Murielle, une jolie femme de vingt ans de moins que Marc. Elle venait au restaurant le soir sous prétexte d'assister son mari. Son parfum, ses robes de laine moulantes et ses sourires si légers le renversaient. À l'époque Marc séduisait. Avec ses obligations de représentation, il s'habillait de jolis costumes, fréquentait les salons de coiffure et portait des chaussures toujours impeccablement cirées. Les clientes aimaient partager des confidences avec lui. Un soir, la femme d'un commissaire lui dit sans perfidie : « Vous iriez bien ensemble, avec Murielle. » Cette phrase l'obséda à le rendre fou. Il se donna corps et âme pour séduire Murielle. Ses horaires décalés permettaient tous les rendez-vous clandestins. Leur passion dura plusieurs mois.

– Ta mère, elle sait ?

– Je les ai entendus, un jour, se pourrir dans l'appart. Ils ne savaient pas que j'étais rentrée plus tôt du lycée. Mon père voulait partir avec la meuf. Il reprochait à ma mère de manquer de distinction et de ne pas le voir à sa juste valeur. C'était horrible d'entendre ça.

– Quel boloss !

– Et comment ça s'est terminé ?

– Le propriétaire de l'affaire l'a viré. Et tout s'est arrêté. La meuf est rentrée chez elle. Elle ne voulait pas d'un loser !

– Haha, le boss tenait plus au cuistot qu'au gérant, tu crois ?

– Sûrement, des fanfarons comme mon père, y en a plein. Des bons cuistots, c'est plus rare. Tu comprends pourquoi j'ai envie de me barrer !

Yohan l'enlace. Il allume un joint qu'ils fument ensemble, emmitouflés dans une couette sur la banquette arrière de la Saxo. Ils écoutent Orelsan sur le téléphone d'Amélia.

Marc pédale vite pour se réchauffer et son corps fume dans l'air glacial. À 5 h 30 du matin dans les rues de Lille, sur son vieux vélo il ignore les feux rouges et les sens interdits, le privilège du lève-tôt, pense-t-il. Il n'a pas le cœur à prendre le métro et à se glisser dans le régiment des travailleurs de l'aube. Quand il arrive à la brasserie, les articulations de ses phalanges engourdies par le froid ne parviennent plus à se déplier. Il ouvre la porte du bistrot, tape le code de l'alarme pour la désactiver et bascule un à un les leviers des disjoncteurs. Il se fraie un chemin au milieu des tables et des chaises de la terrasse, que ses collègues ont rentrées la veille à la fermeture. Il allume la machine à café, sent sa chaleur résiduelle. Elle ne mettra pas longtemps à fonctionner. En attendant, il fume sur le seuil de la porte en regardant la terrasse vide qu'il va meubler. Quand l'aiguille du manomètre entre dans la zone verte du cadran, il se sert deux doubles express et se met au travail. D'abord les chaises, portées six par six, puis les tables, deux par deux. Quand la terrasse est installée, sa chemise blanche lui colle déjà au dos et il sent des gouttes de transpiration rouler le long de ses côtes. Il prépare un quatrième café qu'il sirote lentement, dos à la machine, pour sécher. Il note sur le registre de la brasserie l'heure de l'ouverture : 6 h 30. Il sait que, de chez lui, le patron l'observe avec les caméras de surveillance.

Les premiers clients, des gars de la voirie surtout, arrivent pressés de boire un café avant de rejoindre leur travail. Puis viennent ceux qui ont le temps de manger un croissant et enfin les mamans qui se retrouvent après avoir déposé leurs enfants à l'école. Marc les aime bien, elles sont jeunes, dévouées à leur famille et boivent un thé ou un café avant de filer au bureau pour 9 heures. La matinée s'achève avec les vendeurs des magasins. Ensuite, il faut vérifier les fûts de bière, réceptionner les livraisons. Marc et deux collègues assurent le coup de feu de midi. La carte est simple : croque-monsieur, quiche réchauffée, frites, tartine de maroilles et salade composée assemblés par un cuistot pakistanais dans une toute petite cuisine derrière le bar.

Marc va et vient entre les tables, sert les plats, les demis pression, les quarts de rouge, les cafés et les desserts. Il n'y a aucun local pour les employés, aucune possibilité de se poser un instant pendant toute la durée du temps de travail. Le patron surveille depuis son bureau du premier étage, où les serveurs ne sont convoqués que pour des mises au point. Marc ne l'aime pas. Il lui a dit un jour que ce job n'était pour lui qu'un pis-aller en attendant mieux. Que lui aussi avait dirigé une affaire. Depuis, le patron ne lui adresse plus la parole et le tolère uniquement parce qu'il ne ménage pas sa peine.

Il termine son service à 15 heures, remonte la rue Faidherbe à pied jusqu'à Lille-Flandres d'où son train partira à 16 h 06. Marcher lui fait du bien. Il va à La Bassée se recueillir sur la tombe de son père, mort huit ans auparavant d'un arrêt cardiaque à l'âge de soixante-huit ans.

Le cimetière est à quelques centaines de mètres de la gare d'arrivée. René, son père, travailla à la mine jusqu'à la fermeture de son puits en 1990, date de sa préretraite à cinquante-deux ans. La petite mort, comme il disait.

Sur la sépulture, la lampe de mineur en granit, déposée le jour de l'inhumation par les camarades du Parti communiste, gît renversée. Marc la relève et la cale avec des petits cailloux pris dans l'allée. Ses gestes sont lents. Il s'assoit pour chuchoter, la pierre est froide :

– Papa, je patauge, tu sais. J'ai accepté ce job de serveur parce qu'on est criblés de dettes avec Perrine. J'ai cinquante ans, je gagne le Smic et tout part pour rembourser la banque. Si tu étais là, ma situation te désespérerait ! À mon âge tu marchais vers la retraite anticipée. Même pensionné, tu avais le titre de dernier mineur de la région. C'était comme une médaille qui brillait sur ta poitrine. Quand j'étais gamin, tu m'avais emmené aux funérailles de tes collègues morts au fond. Vous défiliez dans les rues d'Oignies depuis le puits 9/9 bis jusqu'au cimetière, en tenue et équipés de vos lampes frontales. J'avais huit ans et j'étais fasciné. Je voulais, moi aussi, enfiler le bleu des mineurs. Mais tu disais que j'étais trop froussard, que je n'aurais jamais le courage de descendre. Je t'en ai tellement voulu. J'ai compris plus tard que tu faisais tout pour me décourager, que tu voulais un autre avenir pour ton fils. C'était si maladroit. Oh, bien sûr, au regard de l'histoire, tu avais raison. L'industrie est morte en France et, comme de nombreux fils d'ouvriers de ma génération, je travaille dans les services. Je n'ai pas de syndicat puissant pour me défendre, pas de solidarité de classe. Je suis seul, je pousse ligne à ligne mon petit CV pour arriver à m'en sortir, mais je ne construis rien. Toi tu piochais la terre, tu respirais la poussière de charbon à en crever, mais tu étais riche de deux choses qui ont disparu : la solidarité de classe et la fierté. Je n'ai jamais pu montrer cela, ni à Amélia ni à Théo. Tu ne m'as jamais donné grand-chose, c'est vrai, mais j'étais un fils de l'aristocratie ouvrière. Pour mes enfants, je ne suis qu'un limonadier obsédé par l'idée de retrouver un poste enviable. Je ne risque pas de mourir au boulot, comme toi, et si je meurs, aucun collègue ne viendra déposer sur ma tombe une lampe de granit. Je ne suis pas grand-chose, papa. Je vis avec Perrine et les enfants, mais je ne les ressens plus dans ma chair. Je suis trop bouffé par la crasse de mes échecs. Tu as vu mon corps, j'ai pris dix kilos. Je dois m'en sortir, papa, ou je vais crever.

Le TER du retour a vingt minutes de retard. Sur le quai les passagers partagent leur désarroi. Les étudiants s'apprêtent une nouvelle fois à rater les cours, les jeunes parents arriveront trop tard à la crèche, les travailleurs de nuit manqueront leur embauche. Marc s'en fiche, lui se bat pour sa survie. Il pense qu'Amélia s'en sortira tant elle est volontaire, mais il s'inquiète pour Théo qui arrive en troisième et ne sait pas vers quoi s'orienter. Depuis l'aventure de Marc avec la femme du cuistot au Pacific, Perrine vit à ses côtés mais plus aucune complicité ne les unit. Pourtant elle doit faire un effort aussi. Elle ne peut pas se contenter de ne travailler que deux jours par semaine.

Perrine et Patricia se retrouvent dans les travées du petit supermarché de la rue Pline, où il fait toujours un froid glacial, les caissiers emmitouflés portent des mitaines noires et des gilets sans manches sur d'épaisses polaires. Les deux femmes se connaissent de l'école des enfants devant laquelle elles discutaient quand Théo était petit. Elles se croisent ce jour-là, les bras chargés d'une dizaine de baguettes en promotion à 29 centimes pièce et se saluent des yeux. Patricia propose à Perrine de boire un café au Balto, sur la petite place voisine. Encombrées de leur fagot de baguettes discount emballées dans des étuis de plastique perforés, elles choisissent une table un peu à l'écart. Elles ne perdent pas de temps en banalités. Toutes les deux ressentent la nécessité de se confier. Patricia lui raconte que son compagnon, le père de ses enfants, a quitté la maison deux ans auparavant, la laissant seule sans emploi. Il est parti sans prévenir en laissant une enveloppe avec 2 000 euros en liquide.

– J'ai mis des mois à retrouver un semblant d'énergie. À accepter qu'il ne revienne pas. Que je devais me débrouiller seule.

Elle a suivi les stages de Pôle emploi, appris à rédiger un CV, à se présenter à un employeur. Mais sans diplôme ni expérience professionnelle reconnue, on ne lui a proposé que des jobs précaires, d'agent d'entretien ou de manutentionnaire. Des contrats de vacataire à temps partiel à deux heures de transport de chez elle.

– J'ai bossé six mois à l'entretien dans une usine de plasturgie. Tu aurais vu mes mains… Avec les produits, elles étaient pleines de crevasses et épaisses comme une peau de lézard.

Elle a bientôt cinquante ans et aucun employeur ne veut d'elle plus de vingt heures par semaine. Aujourd'hui, elle survit grâce aux allocations.

– Tu vois, pendant toutes ces années en couple, j'ai creusé ma propre dépendance et ma fragilité. On vivait correctement avant. Je n'ai rien vu venir. On partait en vacances tous les deux ans, on gâtait les enfants, et tout s'est écroulé. La justice a condamné le père des enfants à me verser une pension pour leur éducation, mais personne ne sait où il vit aujourd'hui.

– Moi, mon mari m'a trompée, il y a quelques années

de cela, raconte à son tour Perrine. Le truc classique. Il voulait partir avec une jeunette. Quand j'ai compris que je ne pouvais pas le quitter sans tout perdre, j'ai voulu non pas me tuer moi, mais le flinguer lui ! La nuit j'élaborais des scénarios avec des poisons. Il me trompait et je ne pouvais même pas le quitter parce que je n'avais rien à moi. Parce que j'avais plus de quarante-cinq ans et pas d'expérience professionnelle ! Depuis, je me suis un peu calmée. Souvent, je le regarde patauger dans ses échecs sans aucune compassion. Aujourd'hui, il me fait pitié. J'ignore s'il veut vraiment sauver sa famille ou s'il s'agite pour retrouver sa splendeur perdue.

– La crise économique nous fait tant de mal, à nous les femmes, tu ne trouves pas ?

– Quand on vivait bien, on n'avait pas ce sentiment, Patricia.

– Jamais je n'aurais pensé que je dégringolerais comme ça. Tu sais, j'ai toujours voté à gauche. Je croyais que ça me protégeait.

– On était fiers d'avoir des enfants, une voiture et un logement décent.

– Tu votes encore, toi ?

– Non, j'y vais plus, et toi ?

– Non, tu sais quand j'ai arrêté d'y croire ? Quand j'ai compris que mes enfants n'arriveraient pas à faire de belles études. Nous, les fragiles, on ne devient pas médecin, dentiste ou avocat. Nos mômes comprennent tout jeunes que les dés sont pipés alors ils se découragent trop vite. La boue s'accroche à nos pieds, Perrine, nos chaussures nous collent au sol. J'étais la France, maintenant je suis une pauvresse, je vis de l'aide sociale. Mais qu'on ne me dise pas que je suis une profiteuse qui ne fait pas d'efforts.

– Moi, j'espère ne pas sombrer plus bas. Je n'ai pas reçu de gros coups de gourdin sur la nuque comme toi. Que des sales coups de chicote mais je me suis relevée. J'y crois encore un peu, pour Amélia et Théo, mais je sais que tout est très fragile, que notre vie est sur un fil.

Prétextant un besoin de fumer, Patricia et Perrine se lèvent. Dans la rue, elles se serrent dans les bras. Long moment de sororité.

À la maison, Perrine congèle les baguettes puis s'installe à la table de la cuisine avec un crayon et deux feuilles de papier extraites du magasin de l'imprimante. Elle entreprend de rédiger un CV pour chercher du travail, trace des tirets sur sa feuille et tente de la remplir. Amélia qui révisait un contrôle dans sa chambre s'installe à côté d'elle pour l'aider.

– Sors tes fiches de paie, maman, ça va nous guider.

– Je n'en ai jamais eu, ma fille. J'ai toujours bossé au noir avec papa.

– Tu n'as jamais été déclarée ?

– Non, jamais.

– Mais tu aidais tout le temps au Pacific…

– Au vestiaire, j'empochais les pourboires des clients, c'est tout. Certains soirs, je me faisais 100 euros, avec ça je vous achetais des jolis habits et je me trouvais des robes.

– Mais ça ne vaut rien ça, maman. Tu n'as pas cotisé un seul centime pour ta retraite, tu te rends compte ?

– Je sais ma chérie. C'est pour ça qu'il faut que je trouve un boulot. Que je rattrape le temps perdu. J'ai bientôt cinquante ans, il me reste quinze ans à travailler, je ne peux pas rater les années qui viennent.

– Vas-y, écris :

« 1992-2013 : multiples expériences dans la restauration.

2015-2016 : vendeuse dans une boutique de prêt-à-porter de luxe.

Niveau baccalauréat.

Mère de deux enfants, volontaire, sérieuse et cultivée, étudie toute proposition. »

– Ça fait un peu maigre, tu ne trouves pas ?

– Si, mais si les employeurs te rencontrent, alors ils comprendront que t'embaucher sera un atout pour eux.

Le soir, de retour de La Bassée, Marc se décide à parler à Perrine. Il lui dit qu'il a réfléchi et qu'il doit absolument changer de travail, retrouver un poste mieux payé et plus valorisé. Il doit élargir sa zone de recherche. Aller voir dans les coins touristiques, peut-être dans le Sud. Son ami Rémy pourrait l'héberger quelques jours afin qu'il prospecte du côté d'Aix-en-Provence. Avec mille précautions, il demande à Perrine de prendre sa part de l'effort nécessaire.

– Si tu décrochais un CDI, on serait sauvés, Perrine, le temps que les enfants terminent leurs études. Après, on verra. Mais tous les deux, il faut qu'on tienne jusque-là.

– Amélia m'a aidée à rédiger un CV. Je ne savais pas quoi écrire. « Serveuse au noir », « aide cuisinière au black » !... Je fais quoi de toutes ces heures non déclarées à te suivre dans les brasseries, tu peux me dire ? Eh bien, je n'en fais rien ! Mon CV, c'est le néant, un trou noir, il est vide comme notre frigo à la fin du mois. Eh oui, ma seule chance aujourd'hui, c'est d'être embauchée en CDI au magasin. Ce serait la première marche de ma reconstruction.

– Tu l'as aimée comme moi, cette vie à courir les brasseries, à passer d'une ville à l'autre. À l'époque tout était possible. On était jeunes et on trouvait du boulot partout où on allait. Je ne savais pas que les choses changeraient, que la société allait devenir si féroce. On en a profité, on a cru en notre insouciance et rien ne pressait à l'époque. Aujourd'hui, on est seuls, on ne peut compter que sur nous deux.

Elle pense qu'il va la serrer dans ses bras, mais il prend juste ses cigarettes et lui propose de l'accompagner promener le chien. Ils marchent jusqu'au pont de l'autoroute, s'accoudent au garde-corps et baissent le regard. En contrebas, le camp de Roms sombre dans la pénombre. Perrine voit la boue dans les allées, les femmes laver leur linge dans des seaux et des enfants courir pour se réchauffer. Elle se met à trembler, Marc s'approche d'elle et pose son bras sur ses épaules. Perrine se cramponne au parapet et comprend ce soir-là qu'ils sont en danger.

Théo rappe dans sa chambre, un casque audio sur les oreilles. Le taureau des Chicago Bulls brodé sur une casquette US dissimule son visage, il imite Booba les bras écartés, les doigts unis en forme de flingue. Il danse et chante en play-back l'histoire désespérante d'une interminable chute.

Amélia, assise sur le lit, le regarde sans sourire et suit son flow d'une main paresseuse. Des affiches de rappeurs, Sinik, Rohff, Kaaris, la Fouine, Drake, décorent les murs. Un panneau sens interdit vissé sur un tabouret de bois sert de table basse.

Théo garde un pied dans l'enfance et sa vulnérabilité trouble Amélia. La nuit dernière, elle a rêvé de lui. Il marchait seul au milieu d'une autoroute déserte, elle lui hurlait de ne pas y aller, mais il ne l'entendait pas. Elle voulait le protéger, le mettre à l'abri d'une catastrophe familiale que son instinct pressent.

– Tu vas faire quoi l'année prochaine, Théo ?

– Je vais demander STD2A. C'est un bac pro arts appliqués. J'ai vu la dame de l'orientation au collège.

– Tu en as parlé aux parents ?

– Non, pour quoi faire ? Ils sont tellement enfermés dans leurs soucis, ça ne sert à rien.

– Mais tu y connais quoi en arts ?

– Je dessine, qu'est-ce que tu crois ! Tu veux que je te montre ? Regarde celui-là, je l'ai appelé « La famille ».

Il ouvre une pochette Canson et en retire le dessin au crayon noir de quatre smartphones aux écrans cassés, rassemblés sur une banquise imaginaire où des pingouins patinent.

– Tu as vu l'état de nos portables à tous, avec leurs rayures, ça m'a fait penser à des lacs gelés. Ils craquent, ils fondent, à cause de l'abus de consommation qui réchauffe la planète. J'ai eu 18 avec ce dessin.

– C'est hyperstylé ! Et bien vu. On est des clochards avec nos Huawei déglingos.

– Merci grande sœur, dit-il en frappant sa poitrine avec son poing droit. Et puis j'ai dessiné des portraits de toi.

Amélia s'étonne de se reconnaître dans les croquis de son frère. Tout y est. Ses cheveux frisés, son long nez, ses taches de rousseur, la finesse de sa bouche, ses yeux étirés et son menton rond. Sur un dessin, elle a les cheveux en palmier maintenus par un chouchou.

– Mais, mon frère, tu as du talent ! J'adore.

Elle photographie les portraits avec son portable.

– Pourquoi tu ne me les as pas montrés avant ? C'est trop kiffant !

– Tu crois que papa et maman auraient trouvé quelque chose à dire ? Ils sont toujours kéblo dans leurs emmerdes. Je sortirai les dessins quand on parlera de mes projets d'orientation. Mais j'ai autre chose à te montrer.

Avec minutie, il décolle du mur de sa chambre une affiche du rappeur Sinik. Derrière apparaît un Spiderman dessiné à même la cloison et colorié avec la gouache des cours de dessin du collège. Amélia ouvre des yeux ronds, surprise de découvrir dans la chambre de son petit frère comme l'icône cachée d'un culte interdit. Théo lui laisse un long moment pour l'admirer avant de reprendre :

– Sérieux, tu crois que les parents ils vont aimer que je fasse des peintures dans ma chambre ?

– C'est magnifique, Théo. Franchement tu es un boss.

– Je veux dessiner sur ce mur tous les superhéros Marvel. Le prochain, ce sera Captain America !

Amélia le serre dans ses bras.

– Moi aussi j'ai des choses à te raconter. Je suis enceinte et je vais le garder.

– Non ! Tu plaisantes !

– Non, je suis sérieuse. Je n'ai pas eu mes règles depuis deux mois. Et regarde.

Elle balaie quelques photos et présente son portable à Théo.

– Tu vois les traits sur le test ? Ça veut dire que je suis enceinte.

Théo grimpe agité comme un ludion sur le radiateur en fonte de sa chambre, en descend aussi vite et demande à sa sœur :

– Et tu vas le garder ? C'est Yohan le père ? Il le sait ? Il dit quoi ? Tes seins, ils ont grossi ?

Amélia rit. Elle pose les mains sur son ventre, touche sa poitrine et confirme avec une moue satisfaite que son corps change déjà.

– C'est Yohan le père. Il le sait. Au début il a dit que j'étais folle. Mais je crois qu'il le reconnaîtra et même qu'il sera content. Est-ce que je suis folle ? Je ne crois pas. J'ai tellement réfléchi. Ça fait six mois que je prends plus la pilule. Je l'attendais ce gamin ! Et je vais le garder et faire ma vie avec. Quand il va naître, j'aurai dix-huit ans et je serai une mère célibataire, et à ce titre, j'aurai droit à un logement et à des allocations. Et Yohan, il gagne sa vie et il viendra vivre avec moi dès que j'aurai un appart.

– Tu vas en profiter pour te tirer de la maison ?

– Oh oui ! Je vais en profiter. C'est le but. Je m'inscrirai à la fac de droit, je gratterai une bourse et je me démerderai loin d'ici. Tu vois, je ne leur coûterai plus rien, ils auront un enfant de moins à charge. Maman, elle a quitté Mayotte au même âge !

– Tu as tout calculé. Une vraie stratège ! Tu m'as juste oublié. Je vais rester ici tout seul ?

– Tu auras les clés de chez moi et tu auras intérêt à venir t'occuper de ton ou ta filleule ! Tu seras mon baby-sitter number one !

– S'il m'appelle tonton, je l'étrangle. Il m'appellera Théo sinon je ne viendrai pas le voir !

– C'est promis, tonton Théo.

– Tu vas leur dire quand aux parents ?

– Quand je n'aurai plus le choix. Quand je ne pourrai plus fermer mon jean. D'ici là, c'est notre secret, petit frère.

Théo pose sa tête sur l'épaule de sa sœur. Amélia lui caresse les cheveux. Tous les deux se tiennent chaud, serrés l'un contre l'autre. Théo aimerait dire à Amélia qu'elle est courageuse et qu'il a un peu peur, mais il ne trouve pas les mots.

Marc, inscrit sur les sites de recherche d'emploi, réactualise son CV chaque semaine afin d'éviter de disparaître dans les limbes d'internet. Il modifie des broutilles, une virgule ici, un passage à la ligne ailleurs, il ajoute un nom de brasserie, valorise ou gomme son expérience outre-mer. Cette fois, il se sent d'attaque, presque conquérant et surtout sûr de son coup. Assis devant son ordinateur, il sourit, heureux d'avoir enfin une véritable modification à apporter. Il commence par www.pole-emploi.fr, où il élargit la zone de recherche à la France entière. Sur les sites réservés aux professionnels de la restauration, il étend sa disponibilité à toute l'Europe. Certain qu'avec l'aura de la cuisine française, son profil de directeur de restaurant aura de grandes chances de séduire, même s'il ne baragouine qu'un mauvais anglais. À la page des statistiques, il constate que cinq personnes ont regardé son profil et qu'elles sont toutes à la recherche d'un emploi, comme lui. Il imprime une trentaine de CV nouvelle formule qu'il glisse dans une chemise cartonnée.

Marc attrape sur le dessus de l'armoire une valise couverte de poussière, l'époussette à la fenêtre et prépare ses affaires pour un voyage d'une semaine. Il file à Gardanne chez son ami Rémy prospecter dans la région d'Aix-en-Provence. Cette perspective l'enthousiasme. Il se donne pour une fois les moyens de changer le cours de son existence.

Dans le TGV, il s'installe au bar où il passe un long moment à raconter sa vie au serveur :

– Le Sud peut attendre, mais moi pas ! Ça fait trop longtemps que je patiente, ce job je le veux et je l'aurai !

Physiquement, Marc est impressionnant. Il mesure un mètre quatre-vingt-trois, pèse plus de cent kilos, et quand il s'adresse à quelqu'un, il le dévisage avec insistance. Le type du bar refuse la bière qu'il veut lui offrir et met ainsi un terme au monologue de Marc, qui retourne s'asseoir à sa place. Le TGV franchit les monts du Morvan. En gare de Valence, le ciel devient bleu et il s'endort.

Rémy vient le chercher à la gare routière. Il habite une maison dans un petit lotissement de Gardanne et travaille dans un atelier de ferronnerie comme chaudronnier. Les deux hommes se ressemblent, même physique large, lunettes de myope, joues rondes et une barbe naissante tondue tous les trois jours. Le choc de leur poignée de main virile résonne dans leurs corps et marque leurs retrouvailles.

– Qu'est-ce que tu viens faire dans le coin ? demande Rémy.

– Je suis venu chercher du boulot, proposer mes services de directeur de restaurant.

– Tu es prêt à laisser femme et enfants dans le Nord ?

– Perrine n'était pas trop contente que je parte. En même temps, elle sait que je suis ici pour chercher un bon job.

– Quand on cherche, il faut se donner toutes les chances, non ?

Rémy sourit avec un air de mauvais génie que Marc apprécie.

– Tu as à peine changé depuis Metz et la Bosnie. À part les cheveux, mais ça te va bien, tu fais sérieux maintenant !

Rémy le challenge sans cesse et l'oblige à durcir son caractère. Avec lui, il retrouve une ambiance virile de vestiaire d'équipe de foot. Il est venu pour ça, pour se remettre en ordre pour la bataille.

– Je n'ai pas le temps de me laisser aller. Il faut que je cesse de penser à plein de choses, je dois me concentrer.

– Tu dois te préparer, Marc, retrouver mentalement les compétences que tu avais avant. Il faut aussi que tu comprennes qu'il te faudra du temps pour y arriver.

– Je n'ai plus le temps, Rémy. C'est terminé de jouer aux dés. Six, je vais à Metz. Quatre, je vais à Aix. C'est oublié ça.

– Je ne connais pas ton métier, Marc, mais je sais que tu dois accepter certaines choses et faire des concessions.

– Des concessions ? Ça fait six mois que j'en fais des concessions. Tous les jours je me lève à 5 heures. J'ai bientôt cinquante ans et je m'épuise à porter un plateau dans une brasserie dont je méprise le patron. Et tout ça pour une misère.

– Faut pas confondre sacrifice et concession. Tu ne peux pas demander dans un CV 3 000 euros net par mois après tes années de chômage ! Tu dois faire preuve d'humilité.

– Au Pacific, je gagnais plus de 4 000 euros ! Et là, il faudrait que je divise mon salaire par deux ?

– Tu es un pro. Tu peux relever une affaire. Mais sois humble !

– Je sais ce que je vaux.

Rémy prête sa voiture à Marc à condition qu'il le dépose au boulot. Avec la petite C3, il roule vers Aix-en-Provence, sa pochette de CV posée bien en vue sur le siège passager. Il trouve le centre-ville avec peine et se gare dans un parking sous-terrain payant.

Les platanes et les fontaines moussues du cours Mirabeau l'émerveillent et il s'indigne presque de voir les Aixois n'y accorder aucune attention. Arrivé à la statue du roi René, il fait demi-tour puis dépose un CV dans toutes les brasseries de l'avenue. À La Belle Époque, un chef de salle l'écoute et note son numéro sur un cahier. Au Café de Paris, il remarque que le barman sert trop généreusement les Spritz en Aperol. Une serveuse accepte son CV et le glisse dans un tiroir où il se perd dans un fouillis de carnets de commandes vierges.

Marc retrouve avec peine la voiture de Rémy. Il se souvient d'un grand parc de stationnement excentré et marche longtemps. Il file à Manosque. Il arpente la vieille ville, repère quelques restaurants qui lui plaisent. Les employés, pressés de préparer le service du soir, réceptionnent son CV sans lui laisser le temps de faire l'article. Il entre dans une librairie-salon de thé décorée d'un gigantesque portrait de Giono et interpelle le gérant, qui replace des livres dans les rayonnages. Marc lui raconte sa quête et lui tend un CV. Le bibliophile le dévisage tranquillement et lui dit qu'il s'est trompé de boutique.

– Ici on ne peut rien pour les directeurs. On n'est ni le Rotary Club ni le MEDEF.

La phrase désarçonne Marc qui répond comme il peut :

– Je ne fais pas de politique, je cherche un emploi. J'ai même jamais voté de toute ma vie.

– Pourquoi ? Vous pensez que c'est tous les mêmes ?

– Pas vous ? Chirac, Sarkozy, Hollande… J'ai jamais vu ma vie s'améliorer.

– Et le RN, ça vous tente ?

– Ah ça non, je ne peux pas. Ma femme est moitié malgache, alors le racisme, pas question !

– C'est un bon début ! apprécie le libraire. Pourtant, la politique, ça peut changer la vie, mais il faut savoir choisir le bon camp.

Il sort un petit livre de ses étagères, à la recherche d'une phrase, qu'il lit à Marc :

– « Il n'y a qu'un seul remède : notre force. Il n'y a qu'un seul moyen de l'utiliser : la révolte. Puisqu'on n'a pas entendu notre voix. Puisqu'on ne nous a jamais répondu quand on a gémi. » C'est de Jean Giono, un texte baptisé *Refus d'obéissance.* Tu veux devenir patron ? Ce n'est pas comme ça que tu trouveras le bonheur. Prends ce livre, je te le donne.

Marc, mutique, accepte le livre et sort vite de la boutique.

À la maison, Perrine et les enfants n'osent pas en parler mais chacun se dit que l'absence de Marc repose tout le monde. Seul le chien se sent abandonné et geint à plat ventre devant la porte d'entrée.

Théo, enhardi par la conversation de la veille avec sa sœur, dessine sans se cacher sur la table de la cuisine.

Amélia, connectée à la plate-forme numérique Admission post-bac, brigue une inscription en droit pour la poursuite de ses études. Elle espère découvrir dans les règles de justice une puissance qui l'aidera à affronter le monde. Elle s'accroche à son intuition.

Perrine, devant le miroir de la salle de bains, souligne à l'eye-liner ses yeux, tamponne ses joues d'un nuage de terracotta, puis vérifie ses ongles passés au polissoir. Elle espère discuter avec sa patronne du renouvellement de son contrat et pourquoi pas de sa transformation en CDI. Elle pense qu'elle le mérite et que garantir à une employée vingt heures de travail par semaine ne représente pas un gros effort pour une entreprise.

Ce serait quand même une belle nouvelle à annoncer à Marc à son retour du Sud, pense-t-elle en sortant maintenant du métro, place Rihour. Perrine aime les beaux quartiers de Lille, la grand-place avec le Théâtre du Nord et la vieille Bourse. Parfois, elle s'étonne de n'avoir jamais eu envie de retourner à Mayotte, après la mort de ses parents. Son père l'avait éduquée comme une Européenne et sa mère l'avait laissé faire. Les soirs de victoire de l'équipe de France de football, il lui confiait un grand drapeau tricolore et ils roulaient en voiture les vitres ouvertes et le klaxon en fête. Se sent-elle française pour autant ? Qu'est-ce que la République a fait pour elle ? À part l'école pour ses enfants, elle ne voit pas. Avec Marc, ils ont tracé leur chemin tout seuls, sans jamais rien demander, ni rien obtenir en retour. À quoi sert un pays ? s'interroge-t-elle. Les robes de mariée qu'elles vendent sont cousues en Turquie, sa patronne est d'origine allemande et la marque est italienne, alors la France là-dedans ? Nous sommes des citoyens du monde, pense-t-elle en hésitant un peu sur sa formule au moment où elle pousse la porte du magasin.

À son arrivée, les vendeuses lui apprennent que la patronne ne viendra pas de la semaine et que devant son ordinateur une pile de commandes l'attend. À nouveau, rien ne se passe comme espéré. Elle tape son code de session puis entre dans le serveur les mensurations des clientes et les modèles retenus. L'absence de la gérante lui coupe les jambes.

Comment puis-je vivre ainsi ? se demande-t-elle en regardant les commandes sur le bord de sa table de travail. Les futures mariées prévoient leur mariage au moins un an à l'avance, et moi, je n'ai pas quinze jours de visibilité dans mon existence !

Dans l'écran encore noir de l'ordinateur, elle aperçoit son visage abîmé par un masque de dépit qui déforme ses traits. Elle se met à parler à voix haute, fort, pour que les vendeuses entendent :

– Il y a vingt ans, Marc et moi étions libres de vivre où bon nous plaisait. Libres de travailler soixante-dix heures par semaine ou de ne rien faire. Nous revendiquions cette liberté, elle nous rendait heureux et cimentait notre amour. Aujourd'hui tout est mort. La société a tué nos dernières illusions. J'étais libre, je suis… précaire ! Vous entendez, précaire ! Je vous annonce aujourd'hui que ma liberté est morte. Baissez les yeux, là sur le sol vous apercevrez sa dépouille déjà véreuse. C'est vrai, j'ai vieilli et j'ai sûrement d'autres besoins. Mais pourquoi ne pourrais-je pas les satisfaire avec un travail stable ? J'entends tous ceux qui disent que nous n'avons pas été assez prudents, que nous n'avons pas fait assez d'efforts. Mais s'il vous plaît, ne nous insultez pas. Regardez Marc, il travaille plus de soixante heures par semaine. Chaque matin quand il part, je me dis qu'il va faire un infarctus tant il est fatigué. Il y a cinq ans, il avait pensé atteindre les collines verdoyantes de la bourgeoisie. Tu parles ! Il s'est misérablement planté. Vous pouvez l'accuser, et dire que tout est arrivé par sa faute, je l'ai fait moi aussi. Mais j'ai compris qu'il ne pouvait pas y arriver, il ne venait pas de ce monde-là. Il n'a jamais caché que son père était mineur, on ne ment pas aux bourgeois, eux sentent quand on n'est pas des leurs. Au nom de l'illusion de sa réussite sociale, il a tout foutu en l'air et tué notre amour. On ne peut pas se hisser sur l'interminable échelle sociale quand les échelons sont pourris. Je le vois, le pauvre, essayer, et essayer encore, et il le fera jusqu'à son dernier souffle.

Elle se lève et force sa voix jusqu'à hurler :

– Ce matin, je vous annonce que c'est mon tour de tout envoyer chier. La patronne par son absence me crache au visage, et moi, vous savez quoi, je l'emmerde. Oui je l'emmerde et je jouis de le crier : je l'emmerde tellement !

Perrine renverse la pile des dossiers clientes, prend

son manteau et claque la porte du bureau. Et à l'adresse des vendeuses :

– Faites bien attention à vous, ne vous leurrez pas, les filles. Le temps file et la vie est impitoyable pour celles qui possèdent peu.

La jurisprudence des meringues

Le premier souffle du mistral balaye les poussières de la terrasse. Personne dans la villa n'a encore remarqué le scintillement cru de la lumière du matin qui annonce le changement de temps. Sidonie traverse la pinède déjà brûlante et sonne à la porte de la maison. Elle porte un lourd colis enveloppé d'une housse de toile bordeaux. La porte s'ouvre, l'interphone grésille.

– Salut, c'est Sidonie, je viens pour le massage.

– Monte au premier, rendez-vous sur la terrasse.

Elle a trente-huit ans, est habillée d'un pantalon corsaire avec un grand chemisier blanc sur une brassière noire. Elle se trouve assez ringarde mais il fait trop chaud pour faire des effets de style. Elle a rangé ses cheveux dans une casquette de toile marine dont s'échappent des petites mèches noires.

– C'est toi Antony, que je dois masser ?

– Je t'attends comme le messie. Ce soir c'est la dernière et mon corps est tout noué.

– Vous avez joué combien de fois ?

– Dix-sept jours. Je suis épuisé. Et je n'en peux plus de vivre avec les autres. On est six dans le spectacle et on habite tous dans la villa. Je sais bien que dans six mois on aura tous envie de revenir ensemble à Avignon. Mais là, j'ai ma dose !

– La villa est super ! J'installe la table sous le store de la terrasse et je suis à toi.

Sidonie descend tous les mois de juillet à Avignon accompagner les troupes avec l'espoir de trouver du travail pour passer l'année. Elle vit le temps du festival dans le jardin d'un couple qui lui loue 30 euros par jour une vieille caravane de 1972. Dans les rues d'Avignon, elle distribue ses cartes de visite et colle des affichettes autour des théâtres.

SIDONIE, COSTUMIÈRE
Réparation d'urgence, ajustement des costumes
de scène
Collection privée de vêtements en location

Elle n'a trouvé que quelques vêtements à reprendre pour une comédienne enceinte dont il faut cacher les formes. Elle est désormais plus connue pour ses massages que pour son activité d'habilleuse. Les comédiens du off se passent sa carte. Masser a toujours été naturel chez elle. Shiatsu, thaï, réflexologie, elle n'a pas de formation mais elle sent les corps et leur douleur.

Ses doigts huilés brillent. Elle pétrit les épaules et la nuque d'Antony dont le visage disparaît dans le trou de la table de massage.

– Tu es noué comme le vieil olivier du jardin.

– Tu m'étonnes, j'ai l'impression d'avoir quatre-vingts ans.

Les mains de Sidonie courent d'un muscle à un autre pour assouplir les chaînes de tension. Elle n'abandonne jamais un corps aux abois et s'acharne parfois deux heures sur un dos. Elle se fait payer au forfait, pas au temps passé. Le massage coûte 90 euros. Elle assure jusqu'à deux soins par jour, après elle refuse, et écarte toutes les prestations ambiguës.

Sidonie sent les contractures migrer des épaules d'Antony vers le bas de son dos, son prochain chantier. Elle ajoute à l'huile de massage trois gouttes de gaulthérie et travaille maintenant les reins épais de ce corps meurtri. Antony ne parle plus, il dort. Une heure vingt plus tard, elle lui annonce qu'elle a terminé.

– Reste calme jusqu'à ce soir. Ne fume pas et bois beaucoup d'eau, tu es plein de toxines qu'il faut éliminer. Tes reins vont t'aider.

– Je me sens mieux. On se reverra sûrement l'année prochaine. Je n'oublierai pas.

– Tu sais, je suis costumière aussi ! Si vous avez besoin, pour un nouveau spectacle…

– Ah oui, c'est cool ! En tout cas, merci, tu as des mains en or.

Elle prend la route le lendemain matin tôt pour rentrer chez elle à Nantes. Cap sur la N102, 768 kilomètres, traverser l'Ardèche, l'Auvergne, le Limousin, le Choletais et arriver par Clisson. Dans la vieille Clio, les fringues de théâtre prennent la place d'un passager BlaBlaCar dont la présence aurait allégé les frais.

Le trajet de retour est un long calvaire marqué de plusieurs arrêts dans des stations-service où elle engloutit des boissons énergisantes pour rester éveillée. Elle ressasse comme un remords son départ d'Avignon avant la fin du festival. Mais, se dit-elle, à quoi bon rester une journée de plus pour constater son échec ? Le monde des petites troupes de théâtre n'a plus de quoi la payer : uppercut et fin d'un rêve. Elle doit s'inventer dare-dare un nouveau métier et surtout positiver pour ne pas inquiéter les enfants. La devise de la maison « Joie et bonne humeur » l'oblige. Elle s'arrête à Issoire acheter un saint-nectaire et un bleu d'Auvergne.

Elle arrive chez elle un peu avant minuit, épuisée et tendue par la caféine des boissons. Elle se gare dans le sous-sol de son immeuble. Elle laisse ses affaires en vrac dans la voiture et n'emporte dans l'ascenseur que son sac avec l'enveloppe pleine des 3 000 euros en liquide gagnés grâce à ses massages, de quoi tenir un peu. L'appartement est vide, les enfants ne rentrent que le lendemain.

Le soleil la réveille trop tôt. Sous sa couette, elle détaille longtemps sa chambre qui déborde de cabas remplis de fringues d'occasion. À l'angle d'un mur, une montagne de vieux cartons s'affaisse et offre une vision de misère. Elle déjeune d'une boîte de petits Lu. Son mug de café à la main, elle arpente l'appartement et se dit que ce mois d'août doit être le moment de réorganiser sa vie. Elle habite au dixième étage de la tour de Bretagne, sur le cours des Cinquante-Otages, cent mètres carrés avec quatre chambres, son seul luxe. Elle trouve hype de vivre en centre-ville et ne veut pas s'exiler en périphérie. Les chambres de ses fils, jamais rangées depuis leur naissance, forment un pêle-mêle de vieux jouets, de joggings informes et de poussière.

Lulu, son aîné, arrive le premier. Il vient de passer le mois de juillet avec son père en Corse. Il a quatorze ans et s'est décoloré les cheveux. Il est blond et bronzé. Sidonie le serre dans les bras et lui dit qu'il est beau. Il lui rapporte un lonzo entier, emballé au milieu de son linge sale.

Une heure après, Solal ouvre la porte, son père vient de le déposer en bas de l'immeuble. Il a neuf ans et rentre du camping de Pornic. Sidonie le trouve trop mignon dans son débardeur jaune. Il lance ses tongs dans l'entrée et se jette contre sa mère. Ses cheveux frisés sentent le sel. Il sort de sa poche une sucette au Coca qu'il offre à sa mère.

– C'est un souvenir du camping. C'était trop bien, mais tu m'as trop manqué, maman !

Maxou arrive le dernier. Sa mèche blonde a encore poussé et lui cache maintenant le visage. Il a marché depuis la gare de Nantes avec son sac à dos et ses chaussures de rando et demande un verre d'eau en préambule aux effusions. À douze ans, il vient de faire une grande portion du GR 10 dans les Pyrénées avec une colo sportive de la ville. Elle voit dans son regard qu'il a mûri et que ces vacances lui ont profité. Il lui offre un joli caillou trouvé en descendant d'un col.

– Les garçons, de mon côté je vous ai rapporté des super fromages d'Auvergne. Sur la table de la cuisine, il y a deux baguettes toutes fraîches, venez, on va goûter !

Ses trois fils lui racontent en désordre des anecdotes de leurs vacances. Ils ont été heureux. Lulu demande comment s'est passé le festival. Sidonie raconte son mois à Avignon.

– J'ai bien gagné ma vie. J'ai planqué sous mon matelas une petite réserve de cash. Mais je n'ai rien trouvé comme costumière. Pas un job !

– Mais maman, tu es la meilleure dans ce domaine, les fringues, c'est ton truc !

– Sûrement, Maxou, mais tu sais, ce n'est pas si grave. J'ai cogité et on va profiter du mois d'août pour mettre en place un nouveau business qui va bien nous aider. Et puis, on va tout ranger ici. Tout, jusqu'au plus sombre placard de la salle de bains !

– Ah non, pas ma chambre, dit Solal, c'est la crasse de ma jeunesse, je l'aime trop !

– Pas d'excuse, on va tout trier et ranger. On va nettoyer et même repeindre les murs.

– C'est quoi la vraie idée cachée derrière ta tête, maman ?

Elle hésite un instant.

– Vas-y cash maman ! On est prêts, dit Solal.

– Bon voilà. La rentrée va être un peu tendue. On va devoir libérer une chambre pour la louer. Le temps que je gagne suffisamment d'argent pour payer le loyer et vivre.

Figés, les trois garçons se regardent.

– À tous les coups, c'est Lulu qui va garder sa chambre, dit Maxou. Il a du poil à la bite maintenant et il a « besoin d'intimité ». C'est comme ça que parlaient les animateurs à la colo.

– C'est effectivement un peu comme ça que je voyais les choses, dit Sidonie. Maxou et Solal, je vais vous donner ma chambre qui est la plus grande et vous serez confort. On louera celle qui est proche de la salle de bains et des toilettes. Je pense qu'on peut gagner 450 euros par mois.

– Et ton nouveau business ?

– Je vais ouvrir une friperie. Au début on fera ensemble les brocantes et dès que j'aurai un peu d'argent, je monterai une boutique en ligne.

Sidonie n'a pas le courage d'avouer à ses fils qu'elle vient de perdre son statut d'intermittente du spectacle. Avec les allocs, les APL et le RSA, il lui reste, une fois le loyer payé, 700 euros par mois, pas suffisant pour vivre à quatre.

Lulu pique trois rouleaux de sacs-poubelle dans le placard du local du concierge qu'il ouvre avec un tournevis. Il en distribue deux par chambre. Les garçons retrouvent des jouets oubliés. Maxou exhume une escouade de figurines Playmobil de dessous sa commode qu'il échange avec Solal contre un ballon de foot.

– Waouh, la bonne affaire !

Lulu dépose en tas devant sa chambre des livres, des billes, des petites voitures et d'autres reliques.

– À donner, dit-il. On va les mettre dans un carton dans l'entrée de l'immeuble et les enfants se serviront.

Il retrouve, perdue sous un tas de vieilles sapes couvertes de poussière, une GameCube Nintendo, sa première console, une relique. L'ancienne télé à tube qui lui sert de table de chevet est décrétée bonne pour la déchetterie, comme sa télécommande oubliée sous le lit.

Dans la salle de bains, la machine à laver tourne en continu. Solal hérite des fringues de Maxou qui, lui, récupère celles de son aîné.

Le soir même, les chambres sont vidées. Sidonie récure le salon, la salle de bains et la cuisine.

– Maxou, peux-tu acheter de l'Ajax en bas ? C'est le moins cher, 70 centimes.

Sidonie vide un étage du frigo pour le futur colocataire et désinfecte le four à micro-ondes aux parois incrustées de sauce tomate. Elle déplace ensuite son lit double ainsi que sa table de chevet. Elle installe un bureau et deux lampes en plus du plafonnier. Il ne reste plus qu'à trouver chez Emmaüs une petite armoire, pour une trentaine d'euros.

Elle annonce sur les réseaux l'ouverture de la location de la chambre et reçoit vite les réponses de plusieurs personnes intéressées. Elle choisit une jeune fille qui entre en première année de fac de droit. Ses parents tiennent un restaurant aux Sables-d'Olonne à une heure trente de train. Elle rentrera chez elle tous les week-ends.

Ils décident ensuite de trier le stock de vêtements de la cave. Ils remontent les cartons et commencent à les déballer. Les trois garçons se servent en jeans, tee-shirts et sweats à leur taille. Lulu dégote un blouson de cuir avec dans le dos un gros écusson « Black Sabbath » à tête de mort. Ensemble, ils rangent les vêtements par style et par taille. Ils retrouvent quelques pièces de valeur, comme une petite veste signée Stella McCartney. Sidonie estime la valeur de son stock à 3 000 euros.

Pour sa première brocante, elle coud sur chaque pièce des petites étiquettes avec le prix. Ils font deux voyages avec la Clio. Le premier pour amener les tables et les portants, le second pour livrer les cartons de vêtements. Les enfants l'aident à accrocher les fringues et à tenir le stand. Les habits sont en bon état. Ils viennent d'autres brocantes, de vide-greniers et du stock des Lapins carnivores, l'ancienne troupe de théâtre de Sidonie. Les bonnes bouilles des trois gamins mettent les gens en confiance et leur mère donne à ses clients des conseils vestimentaires appréciés. En fin de journée, elle a gagné près de 400 euros, pas mal.

Le week-end suivant, à la brocante de Bouguenais, il pleut. Elle ne déballe que les vêtements qui peuvent être abrités de la pluie sous ses deux parasols et dit aux garçons de rester à l'appartement. Une femme lui achète cinq tee-shirts.

– Bravo, c'est formidable ce que vous faites.

– Merci, mais je ne vends que des vêtements, rien d'extraordinaire.

– Non, vous leur donnez une seconde vie et vous luttez contre le gaspillage. Chapeau !

La conversation lui donne l'idée d'un grand calicot sur lequel elle veut faire imprimer :

ECOSAPE
Chic et bon pour la planète

Elle étrenne sa banderole lors d'un vide-grenier à Trentemoult, une banlieue bobo de Nantes, où Sidonie met dans le mille. À 11 heures, il y a la queue devant son étal. Elle vend toute sa marchandise. Elle explique les correspondances de couleurs et n'hésite pas à dire que tel ou tel vêtement ne fait pas une belle silhouette. Les gens en confiance achètent. Et les enfants apprennent à leur tour et deviennent d'habiles camelots.

Elle revient des brocantes épuisée mais heureuse d'avoir blindé de pièces et de billets son sac banane de vendeuse ambulante. Elle cache presque 5 000 euros en liquide sous son matelas. Le soir de cette vente miraculeuse de l'autre côté de la Loire, elle donne à chacun des enfants un billet de 100 euros. Les petits n'en reviennent pas.

– C'est top, maman, merci. Mais on n'a plus rien à vendre maintenant.

– On va refaire le stock. Je vais aller chez Emmaüs et

aussi chercher des pièces de valeur sur Leboncoin. Je me donne un mois.

Ce soir-là, à la grande joie des enfants, ils se font livrer des pizzas et invitent à dîner l'étudiante en droit, fascinée par l'ambiance de libre commune qui règne dans l'appartement.

Aux vacances de la Toussaint, les garçons rejoignent leur père pour une semaine de vacances et la colocataire rentre chez ses parents aux Sables-d'Olonne. Sidonie se retrouve seule dans l'appartement. Elle savoure le retour du silence et le calme des matins. Elle se fait couler des bains trop chauds et traîne longtemps dans l'eau en écoutant de la musique trop fort.

Elle appelle son ami Maël et lui propose d'aller boire un verre à la Sourcerie, sur l'île de Nantes. Il est cameraman à France 3-Pays de la Loire. Ils se sont rencontrés il y a cinq ans quand il tournait un reportage à La Ruche, un petit théâtre. Depuis, à toutes les vacances scolaires, il attend un message de Sidonie. Il admire sa capacité à rebondir sur les coups du sort, l'inverse de lui. Maël n'a jamais croisé les enfants.

Ils marchent le long du grand quai de l'île et comme à chaque retrouvaille, s'embrassent arrivés à la grue Titan.

– Tu vas me faire un bon massage, Sido, j'ai le dos pété en ce moment.

– Mais oui, Maël, allons-y tout de suite !

Ils ne se sont pas vus depuis début juillet.

– Tu es l'amant le plus patient du monde, lui dit-elle à l'oreille en marchant vers la voiture.

Maël habite une petite maison du centre-ville achetée il y a vingt ans, quand Nantes n'intéressait pas grand monde et restait abordable pour les salaires moyens. Au moment de la signature du crédit, pour passer le pas de la sédentarité, il s'était promis de se remettre en free-lance une fois le prêt soldé. Aujourd'hui, il a cinquante ans, il lui reste cinq ans de remboursement, et ses envies de liberté se sont émoussées.

Ils prennent le petit déjeuner ensemble.

– Tu sais, Sido, je pourrais peut-être te faire engager comme scripte intérim à la station, si tu veux.

– C'est gentil, Maël, mais l'ambiance a vraiment l'air collante à ton boulot, et j'ai besoin d'être autonome. Même si je paie mon indépendance de beaucoup d'angoisses, surtout en ce moment.

– C'est pour tes enfants que je disais ça.

– Mes kids, je leur cache mes trouilles. J'essaie d'être toujours dans la bonne humeur et de positiver. On s'amuse ensemble. Ils participent à tout. Peut-être quand ils seront plus grands les choses seront-elles différentes. Mais notre tribu tient bien pour l'instant.

Avec la Megane break de Maël, ils font la tournée des Emmaüs et des recycleries de la région. Il a baissé les sièges arrière et Sidonie remplit le grand coffre. Elle achète pour une trentaine d'euros pièce toutes les robes de mariée qu'elle trouve. Faites de dentelle et de tulle, elles ont passé des décennies d'oubli dans la naphtaline des placards.

– Qu'est-ce que tu vas faire avec ces robes ? lui demande Maël.

– Je ne sais pas encore mais c'est trop beau pour ce prix. Je vais bien trouver quelque chose.

– On a fait une belle raflette aujourd'hui, tu as de quoi faire au moins deux brocantes. Si tu veux, tu peux déposer les robes chez moi, j'ai de la place au sous-sol.

– Je pourrais les retravailler et y laisser ma machine à coudre. Mais tu le sais, je vais un peu m'incruster chez toi. Peut-être même tous les jours quand tu seras au boulot à la station.

– J'y ai pensé. C'est aussi pour ça que je te le propose, pour te voir un peu plus.

Elle retrouve ses enfants à la fin des vacances. Maxou blessé porte une coudière de maintien.

– Je me suis tordu le bras, maman.

– Comment as-tu fait ça, c'est grave ?

– Non, c'est juste luxé. J'ai essayé de récupérer des vêtements pour toi dans un conteneur de recyclage.

J'étais monté sur un carton, parce que c'était haut, et je suis resté coincé. Mon bras s'est tordu. Heureusement que des gens passaient et qu'ils m'ont dégagé de là. Papa m'a emmené à l'hôpital. Je n'ai rien de grave.

– Il aurait dû m'appeler pour me prévenir ! Je ne veux pas que vous fassiez ça, les chéris. Je ne veux pas que vous preniez des risques pour moi.

– C'est aussi pour nous, maman. Tu n'as plus rien à vendre ! Comment on va faire ?

– J'ai trouvé des fringues ! Je n'ai fait que ça pendant vos vacances. J'ai bossé et j'ai reconstitué le stock. On s'en sort bien en ce moment, n'est-ce pas ? Et je vous assure que ça va durer !

Elle leur explique qu'elle a déposé les vêtements dans la cave d'un ami.

– On ira mercredi après-midi pour que vous m'aidiez à tout trier. Vous allez voir, j'ai des trésors ! Et surtout, j'ai besoin de vous, les gars !

Dans le sous-sol de la maison de Maël, Sidonie restaure les robes pendant les heures d'école de ses fils. Elle les lave une à une dans la baignoire et les met à sécher sur un large étendoir à côté de la chaudière. Elle recoud les perles, coupe les traînes trop longues, détache au vinaigre les auréoles des tissus jaunis par le temps. Sur certaines, elle creuse les décolletés ou au contraire ferme les bustiers. Parfois, elle les modernise d'une note de couleur en cousant des galons colorés.

Maël essaie de rentrer tôt de ses tournages pour la voir. Sidonie doit être chez elle à 17 heures, pour les enfants, ils font l'amour comme des amants pris par le temps compté des rendez-vous clandestins.

Elle expose les robes montées sur des bustes de résine à la brocante de Vertou. Les tulles volettent et donnent vie aux mannequins de plastique placés derrière les étals. Les garçons trouvent ridicule la vente de ces meringues usagées.

– Maman, si des copains du collège me voient en train de vendre ces trucs de pauvre princesse ringarde, je suis mort ! dit Maxou.

– Ouais, réplique Solal, c'est la chouma totale ton truc. Et puis qui va acheter ça ?

À la fin de la matinée, Lulu admet que, disposées tout autour du stand, les robes de mariée attirent le chaland.

– Commercialement, ça vaut le coup. Mais c'est dur pour nous, conclut-il. Et puis, qu'est-ce que tu vas en faire ?

– Si elles ne plaisent pas comme ça, je peux tout reprendre, tailler dans la dentelle, ratiboiser le tulle et faire du McQueen ! répond-elle en riant.

La semaine qui suit, Sidonie reçoit l'appel d'une femme qui cherche une tenue de mariée originale à un prix raisonnable. Le bouche-à-oreille aidant, au printemps, son affaire de robes revisitées flambe. Elle vend tout le stock et facture les retouches un bon prix.

Sidonie cache toujours son liquide sous son matelas et parfois elle étale les billets pour savoir avec précision où elle se situe sur l'échelle de la précarité. Elle a mis 8 000 euros de côté. L'épaisseur de l'enveloppe la rassure mais elle sait qu'elle flirte avec l'illégalité. Le fisc ne lui permet que deux ventes en brocante par an. Quand elle remplit le formulaire d'inscription, elle ment toujours, raconte que c'est son unique participation à un déballage de l'année.

Elle est convoquée à la gendarmerie au mois d'avril, juste au début de la saison des vide-greniers. Les services de la préfecture ont épluché les registres tenus par les municipalités et constaté qu'elle a participé à une vingtaine de ventes. Elle patiente une heure avant d'être reçue par un gendarme. Il lui explique que les mairies transmettent à la préfecture les registres des brocantes et qu'il suffit aux services de police de peigner les déclarations pour trouver les contrevenants.

– Vous encourez 30 000 euros d'amende et six mois de prison.

– Six mois de prison pour avoir essayé de m'en sortir et de faire vivre mes enfants dignement ? répond

Sidonie, tétanisée par la froideur du gendarme qui ne l'écoute pas. J'ai trois fils, monsieur, je les élève toute seule et je les nourris grâce à ces brocantes, j'ai réussi à les protéger, à éviter le surendettement. Vous ne dites rien ? Si je n'avais pas vendu ces vêtements, nous nous serions tout de même rencontrés. Un matin à l'aube, avec des huissiers, pour notre expulsion. Aujourd'hui, on serait logés dans un hôtel, mon fils aîné dealerait pour nous faire vivre. Vous avez une idée de ce que ça coûterait à la société ? Mais peut-être que vous auriez préféré ?

– Nous avons des lois, respectez-les, et au passage inculquez-les à vos enfants, ça fera du bien à la société, puisque ça vous importe. Je termine : considérant que vous êtes allocataire du RSA, votre dossier sera transmis aux services sociaux. S'il apparaît que vous avez fraudé, ils seront amenés à déterminer le montant du remboursement des aides que vous avez perçues, conclut le gendarme.

Au tribunal de Nantes, considérant sa situation de mère de famille isolée avec trois enfants, le substitut du procureur prononce un simple rappel à la loi avec interdiction de toute vente au déballage sous réserve de mise en conformité avec la loi. Si elle réitère, lui dit le juge, elle sera alors convoquée devant le tribunal, qui pourra prononcer une peine de prison ferme. Il lui conseille de prendre rendez-vous avec une assistante sociale.

Au retour du tribunal, Sidonie s'enferme dans sa chambre avant le retour des enfants. Elle dissimule ses chaussures, son manteau et les clés de sa voiture. Elle veut se cacher, devenir invisible, tant elle se sent incapable de leur parler. Ils ne doivent pas voir le masque de trouille qui fige ses traits.

Quand Solal frappe à sa porte, elle ne répond pas. Elle envoie un message sur leur groupe WhatsApp :

> Besoin êt seule pr rfléchir. Débrouillez-vs pr dîner. Y a 1 lasagne conge, Rchaufer au micro-ondes, j'ai rcht des pommes. Danettes fridg. Lulu check devoirs de Solal. flipp pas, je vais bien. Bigbigbisous.

Assise par terre au pied de son lit, elle tente de rassembler ses forces. Avec les aides sociales et son activité de friperie, elle parvient à payer son loyer et à dégager 1 500 euros pour vivre par mois, presque plus que lorsqu'elle travaillait comme costumière. Si elle se déclare auto-entrepreneur, elle perdra la majorité des aides sociales et devra payer des charges. Elle pense bien à quelques plans minables, comme tomber enceinte de Maël et rapatrier la famille chez lui à la naissance de son quatrième enfant. Elle l'avait déjà tenté par le passé avec le père de Solal et ça ne s'était pas du tout passé comme elle l'avait imaginé.

Elle aime son appartement avec sa vue magnifique sur la ville. De son salon, elle voit au-delà de Nantes, devine la campagne avec les champs et les vignobles. Quel luxe ! Et surtout, cette vie dans la grande tour offre aux enfants l'accès aux écoles du centre-ville. Elle ne se sent pas assez forte pour affronter la violence d'un déménagement vers un HLM de la périphérie. Elle se jure de tout faire pour ne pas tomber de son dixième étage. Elle pense à *La Haine*, le film de Kassovitz : l'important, ce n'est pas la chute, c'est l'atterrissage et surtout le rebond, ajoute-t-elle.

A-t-elle un autre choix que de continuer à vendre des fripes et de poursuivre son activité de reprise de robes de mariée qui démarrait à peine ? Elle se rassure en se disant que, comme toutes les transactions se font en liquide, elle s'arrangera pour minimiser les charges et continuer, au moins au début, à percevoir les aides sociales pour amortir la dégringolade. Et au pire, se dit-elle, elle relancera les massages chez ses amis des théâtres.

Elle appelle Maël pour lui demander s'il est d'accord pour s'inscrire à sa place aux deux prochaines brocantes, prévues de longue date. Il accepte sans poser de questions. Ce type est une crème, elle a des remords d'avoir pensé un instant le squatter avec toute la famille.

– Je vais monter un site internet de vente de mes créations de robes de mariée. Tu veux bien m'aider ? Tu m'as dit que tu pensais à te reconvertir là-dedans, non ?

– Bien sûr, Sido. Tu seras ma première cliente.

– Attends, je n'ai pas un rond !

– T'inquiète pas pour ça. Je te ferai un super-graphisme !

– On se voit vite pour en parler ?

– Viens demain !

Elle ouvre la fenêtre, respire un grand bol de cet air océanique qu'elle aime tant et sort de sa chambre.

– Poussez-vous, les garçons ! Faites-moi une place et donnez-moi des lasagnes. J'ai tellement faim ce soir !

Matoub

L'enfant tape sur la surface de l'eau avec la paume de sa main et rit de voir jaillir les gouttelettes. Natacha saisit sa fille et l'allonge sur une épaisse serviette posée à même la machine à laver. Comme à chaque fois à la sortie du bain, elle pose son avant-bras sur le ventre de Marie pour comparer leurs couleurs de peau.

– Tu es blanche comme une aspirine, ma fille ! Bravo ma chérie !

Depuis la fenêtre de la salle de bains elle entend Florian, le père de l'enfant, discuter avec son ami Sèb :

– C'est une chance qu'ils aient organisé ça dans la région !

– Il y aura Bruno, mon patron, tu verras, il est hyper-impliqué.

Les deux hommes vont à Agde le lendemain pour l'université d'été du Rassemblement national. Florian travaille comme soudeur, il fabrique des superstructures en métal pour une PME installée à Narbonne. Sèb fait les marchés. Il est payé au noir et ça lui convient.

Natacha a prévu de finir la peinture de la chambre d'ami pendant leur absence. Il lui reste deux mois de congé parental et elle est décidée à terminer l'aménagement de la maison.

Florian, Sèb et Natacha se connaissent du collège. Un été, sur la grande plage de Sète, Florian et Natacha sont sortis ensemble et ne se sont jamais quittés. Sèb, moins conquérant, a perdu ce soir-là l'exclusivité de son amitié avec Florian et surtout la possibilité d'une histoire d'amour avec Natacha. Tous les trois ne se sont jamais aventurés hors de leur région. Ils sont nés à Béziers et sont fiers d'y vivre.

Dans deux mois, Natacha retrouvera son travail d'aide-soignante à l'Ehpad de Narbonne. Elle n'aime pas la récente passion de Florian pour la politique. Depuis qu'il pense changer le monde, aménager la ferme, qu'ils ont achetée à crédit, l'ennuie. Avant, il débordait d'idées et ils aimaient bricoler ensemble la maison. Elle déteste qu'il se retrouve sous l'influence de son patron, candidat aux élections locales sous l'étiquette du Rassemblement national.

Le lendemain, à Agde dans l'espace du meeting, des bénévoles leur demandent une participation financière.

Florian et Sèb racontent qu'ils arrivent de Lyon et que les frais de voyage valent pour l'obole !

La sono crache, la foule scande « On est chez nous ! ».

– Il y a du monde, dit Florian.

Il aperçoit Bruno au premier rang, qui lui fait signe de le rejoindre. Avec Sèb, ils se faufilent et s'installent au pied de l'estrade.

Les deux amis vibrent. Les cordes vocales au bord de la déchirure, ils hurlent le nom de Marine. Selon elle, tout dysfonctionne, la main de Bruxelles nous étrangle, la finance nous tue et l'Afrique menace jusque dans nos foyers. Et ils applaudissent.

– C'est bien que tu sois là, dit Bruno, que les militants te voient avec moi. Pour les idées, et aussi pour les contrats. Le monde change. Tu verras, nous, on va bien se placer. Je te présenterai des gens ! Mais pour ça, mon Florian, il faut que tu bosses un peu pour le parti. Faut que tu adhères et que tu fasses adhérer surtout.

Florian et Sèb s'éclipsent pendant *La Marseillaise* et laissent Bruno à ses amis. Dans la voiture sur l'autoroute, ils chantent l'hymne français, heureux comme un soir de match.

– Ça valait le coup, dit Florian.

– Grave, on va adhérer.

– On va faire une fête à la ferme pour raconter tout ça aux copains !

Le samedi suivant, les amis arrivent à la maison. Florian a acheté au grand Casino des saucisses et un lot de dix pizzas surgelées en promo à 2,50 euros. Sèb s'occupe du barbecue. Gilbert arrive avec des salades icebergs et Mickey a pris son karaoké. Ils se garent dans le champ que Florian a tondu. Il fait beau et tout le monde profite du jardin. Ils prennent l'apéro en mangeant des parts de pizza. Florian se lève.

– Les amis, avec Sèb on a eu l'idée de cette réunion dimanche soir en revenant du meeting du RN à Agde. On a décidé de prendre nos cartes et on voudrait que vous fassiez de même.

– Pourquoi pas, dit Gilbert.

– En fait, on a compris que c'était eux ou le merdier allait empirer, dit Florian. Il faut un parti fort pour s'opposer à la dictature de Bruxelles et pour contrôler les frontières. Toi, Olivier, qui habites Perpignan, tu peux nous en parler ?

– Si tu veux. C'est simple, dans la ville ils ouvrent des « Ibrahim Market » partout ! Mais ils se croient où ? J'ai interdit à ma fille de se rendre au centre-ville.

– Voilà, ça, on comprend bien. Ils nous l'ont raconté à Agde. Et si on milite avec eux, ça va changer.

Natacha ne parle jamais dans les réunions d'amis ou alors en aparté. Le groupe lui fait peur. Elle sait qu'avec l'alcool, plus tard dans la nuit, les mots puis les gestes dépasseront les pensées. Florian aimerait qu'elle participe, qu'elle s'engage auprès de lui. Mais elle préfère quitter l'assemblée pour coucher Marie.

Lovée dans son lit avec sa fille, Natacha remonte la couette au-dessus d'elles deux pour ne plus entendre les autres restés en bas. Elle se sent en décalage avec les copains de Florian et ce sentiment lui tord le ventre. Elle connaît précisément l'origine du malaise qui ne fait que grandir en elle. Ça remonte à quelques semaines avant son accouchement, quand sa mère, sous prétexte de lui apporter de la layette, était venue lui confier un secret de famille. Natacha se souvient avec précision de tous les détails de cette journée.

Dominique, sa mère, était arrivée à vélo avec un sac de courses rempli de conserves maison et son éternel bocal de citrons confits, pour les tagines. Contrairement à son habitude, elle avait frappé à la porte de la cuisine. Des plaques rouges marquaient son cou, elle paraissait gênée. Elle demanda un verre d'eau et pria sa fille de la rejoindre sur le canapé du salon. Dominique s'assit sur le rebord du sofa, presque en équilibre.

– J'ai peur que la petite naisse différente et que ça t'apporte des ennuis avec Florian.

– On a fait tous les tests, maman, le bébé va bien. Ne me fais pas flipper, s'il te plaît.

– Tu sais que les chromosomes sautent les

générations. Tu es blonde avec les yeux bleus, son père également. Mais la petite pourrait naître différente.

– Qu'est-ce que tu veux dire ?

Dominique retira son gilet, elle transpirait.

– Aide-moi, Natacha, écoute bien. J'ai longtemps hésité à venir, mais je dois le faire. Je viens te dire que mon père, papi Thomas, n'est pas mon vrai père. Il n'est pas ton grand-père de sang.

À deux semaines de son accouchement, Natacha ne se sentit pas concernée par cette révélation. Son grand-père était mort cinq ans auparavant d'une attaque. Un homme dur qui avait, toute sa vie, travaillé comme employé à la préfecture.

– Juste avant de partir d'Algérie, en 1959, ma mère a eu une aventure. Elle a couché avec un homme dont elle était secrètement amoureuse et elle est tombée enceinte de moi. Arrivée à Sète, sa famille lui a présenté Thomas, qui l'a épousée et qui m'a reconnue sans faire d'histoires.

– Ok, ton père n'est pas ton vrai père ? Mais quel rapport avec mon enfant ?

– Ce que je te dis est un secret, Natacha. Maman me l'a révélé juste avant ta naissance. Et comme moi aujourd'hui, elle avait peur que tu naisses brune et toute frisée.

– Pourquoi ?

– Parce que mon vrai père était un Arabe ! Il s'appelait Matoub.

Natacha resta stupéfaite un long moment et sa colère monta.

– Tu débarques comme ça et tu me balances à la figure que tu es moitié arabe ! Et tu me dis que si le chromosome remonte, ma fille naîtra arabe à son tour ? Mais pourquoi j'apprends ça maintenant ? Et tu veux que j'en fasse quoi ? Je vivais des semaines heureuses, tout allait bien et tu viens ici foutre ma vie en l'air. Mais je m'en fous de ton histoire, de Matoub, de papi Thomas. Fous le camp maman, va-t'en, pars maintenant !

Natacha ne dit rien à Florian. Elle ne savait pas encore si le secret de ses origines était un venin ou un antipoison. Était-elle riche de ce sang algérien ou devait-elle en être honteuse ? Elle ne savait plus quoi penser. À Béziers, les politiques entretenaient la haine des Arabes. Elle se raccrochait à une certitude : elle n'avait jamais aimé ce grand-père plein de hargne.

La petite naquit blonde. À chaque bain, Natacha vérifiait la couleur de la peau de sa fille et surveillait ses cheveux.

La révélation sur son ascendance la changeait, lentement, et la rapprocha de sa mère. Elle lui demanda si son grand-père savait que le père biologique de sa fille s'appelait Matoub. Dominique lui dit qu'elle n'en avait pas la preuve.

– Il en avait l'intuition, je pense que c'est pour ça qu'il n'a jamais réussi à m'aimer vraiment. Tu sais, il avait fait la guerre d'Algérie dans un des pires coins, sur la ligne Morice qui séparait ce pays de la Tunisie. Et il en était revenu agressif, violent. Il battait maman.

– La pauvre ! Quel salaud ! Grand-mère n'a jamais revu ton vrai père ?

– Jamais. Tu sais Natacha, cette histoire est triste, mais elle a sa part de beauté, car je sais qu'ils se sont vraiment aimés. Un soir, maman m'a dit que Matoub était l'unique amour de sa vie.

– Moi, je n'ai jamais vu grand-mère amoureuse. Ils ne se parlaient jamais.

– Je suis née d'une histoire d'amour et à l'époque ce n'était pas si courant. Mon père répétait les paroles des politiques locaux et il m'a élevée dans la détestation de l'étranger alors que ma mère, elle, me parlait d'amour. Maman vivait seule avec son secret. Tu te rends compte de son courage ? Elle a aimé un homme en cachette pendant une guerre. Leur amour était plus fort que les préjugés, que le racisme et que la haine qui était à son paroxysme. À dix-sept ans, elle a été libre un instant, maman, libre comme les jeunes filles le sont parfois.

Sèb aime le marché de Pierrelatte. Ses odeurs d'olives et d'épices, ses tissus colorés et ses stands de fruits et légumes qui diffusent un parfum de pastis sur toute la place. La marchandise est belle et il s'applique à la disposer joliment sur les étals. Les premières fèves, l'ail frais et les fraises de Carpentras marquent la fin de l'hiver. Au bout de la place du Champ-de-Mars, dans une autre zone du marché, se massent les commerçants les moins chers, les Arabes comme il les appelle. Leurs produits évoquent l'autre côté de la Méditerranée.

Sèb ne fait plus attention à cette division des marchés du sud de la France. Chacun à sa place. Les populations ne se mélangent pas, Kadija achète chez Mohammed et Viviane chez Francis. Et même si les fèves sont plus belles de l'autre côté, jamais Sèb ni ses amis n'iront en acheter.

Vers 13 heures, quand les véhicules des marchands s'approchent des étals pour la remballe, une camionnette de primeurs renverse Sèb. Il chute et sa jambe passe sous un pneu. Son employeur accourt pour l'aider. Il ne parvient pas à l'asseoir, tant ses chairs, perforées par les os brisés de son tibia et de son péroné, le foudroient de douleur. Il lui glisse à l'oreille de ne rien dire et lui rappelle qu'il n'est pas déclaré.

– Je ne vais pas te laisser tomber, Sèb, mais tu es un client, tu te rentres ça dans le crâne, un client c'est tout.

C'est juste un accident de la circulation. Tu m'entends bien ?

Sèb s'évanouit. Il se réveille dans le camion des pompiers qui roulent vers l'hôpital de Montélimar. La plaie est sale, le chirurgien orthopédique l'opère en urgence. Il reste plusieurs jours en observation, le temps de s'assurer que les antibiotiques contiennent l'infection. Sèb n'a pas de Sécu et l'assistante sociale de l'hôpital l'aide à remplir les papiers de la CMU, pour qu'il soit pris en charge. Le conducteur de la camionnette responsable de l'accident passe le voir, mais Sèb dort. Il n'ose pas le réveiller et dépose un plateau de pâtisseries orientales dans sa chambre avec un petit mot : « Excusez-moi, si vous avez besoin d'aide, appelez-moi. » Signé Saïd et accompagné d'un numéro de téléphone.

Deux semaines plus tard, Florian vient chercher son ami à sa sortie de l'hôpital pour le ramener à Narbonne.

– J'en ai pour au moins six mois avec les béquilles. Tu veux voir les radios ?

– Oh putain, c'était de la bouillie tes os. Et maintenant c'est du Meccano avec toutes ces plaques. Comment tu vas faire ?

– Le type pour qui je travaillais est passé hier et m'a filé 2 000 euros.

– Tu as fait un constat ?

– Vite fait. J'étais dans les vapes et on ne voulait pas d'ennuis. T'imagines une enquête ?

– Tu connais le gars qui t'a fait ça ?

– Non, il est passé un jour mais je dormais. Il m'a laissé son tel, regarde.

– Mais non ! Le mec s'appelle Saïd !

Ils arrivent à la ferme vers 16 heures. Natacha accourt pour accueillir le blessé. Elle le trouve pâlot et l'installe dehors, au soleil. Elle a fait un gâteau au chocolat et sort une bouteille de prosecco.

– Est-ce que tu vas dénoncer ton patron pour toucher un peu de Sécu ? demande Natacha.

– Non, j'ai promis. Je ne le balancerai pas.

– Et si tu as des séquelles ?

– L'opération s'est bien passée et c'est juste une histoire de repos.

– Tu vas chercher un travail fixe après ?

– Je ne sais pas, je tiens à ma liberté.

Florian est impressionné par la loyauté de son ami vis-à-vis de son patron.

– Tout ça c'est à cause d'un Arabe qui ne savait même pas conduire ! File-moi son numéro, je vais l'appeler.

– Florian, calme-toi, dit Natacha. Le mec a été correct, il est venu voir Sèb. Ne verse pas d'huile sur le feu.

– File-moi le numéro, Sèb.

– Tu vas lui dire quoi ?

– Je vais lui demander son adresse et je vais me le payer.

– Florian, arrête ! Les assurances vont indemniser Sèb.

– File-moi le papier, Sèb !

– Tu ne crois pas qu'il y a eu assez de drames. Si tu fais ça, je m'en vais Florian, et j'emmène Marie.

– File-moi ce papier, Sèb !

Natacha prend sa fille dans les bras et la tourne face à Florian.

– Regarde ta fille, et dis-lui ce que tu comptes faire. Vas-y, dis-lui si tu oses !

– Ferme-la, Natacha !

Sèb, qui est resté muet, se décide à parler :

– Florian, j'ai eu ma dose de douleur. Je ne suis pas capable d'affronter ta colère aujourd'hui. Maintenant, raccompagne-moi à la maison s'il te plaît.

Dans la Corolla, ils ne s'adressent pas la parole. Arrivé chez lui, Sèb fait le tour de la voiture avec ses béquilles et par la vitre de la portière lance à Florian :

– À l'hôpital, les infirmières et les aides-soignantes qui se sont occupées de moi étaient des femmes dont les parents avaient émigré. Tous les jours elles ont changé mes pansements. Si je n'ai pas eu d'infection et que j'ai gardé ma jambe, c'est grâce à elles. Et puis tu sais, entre mon patron et ce Saïd qui a eu le courage de venir me voir à l'hôpital, je ne sais pas qui a été le plus correct. Je ne souhaite entrer en guerre avec personne. J'ai beaucoup réfléchi pendant toutes ces semaines passées au lit. Et je crois que je me suis retrouvé. C'est avec mon cœur que je veux réagir et pas au nom d'une politique qui excite la haine. Je ne veux pas de haine dans ma vie. Comprends-le.

Florian ne répond pas. Il fait crisser les pneus de sa voiture sur le gravier de l'allée. Au retour il roule vite, la cendre de sa cigarette battue par le vent vole dans la voiture.

Natacha l'attend assise à l'extérieur de la maison. Il s'installe à côté d'elle, silencieux.

– Je vais te raconter un secret, Florian. Deux semaines avant la naissance de Marie, maman est passée me voir un soir où tu n'étais pas là. Elle m'a révélé quelque chose que seules les femmes de ma famille connaissent. J'ai du sang arabe dans les veines. Le vrai père de maman s'appelait Matoub, il était algérien. Ma grand-mère l'a follement aimé.

– Toi aussi, tu t'y mets ! Mais vous me faites tous chier ! Mon pote me trahit et toi tu es à moitié arabe ? C'est ça ?

– Tu crois que c'était simple de l'apprendre ? Et tu penses que c'est facile de te le dire ? Depuis ton engagement auprès du RN, tu es de plus en plus raciste. Tu détestes tout le monde. Il n'y a pas de place pour la haine chez moi, Florian !

Cette nuit-là, Florian et Natacha ne dorment pas ensemble. Le lendemain matin, il fonce voir sa belle-mère. Dominique lui confirme que son père s'appelait Matoub.

– Maman avait dix-sept ans. C'était un amour impossible parce que la France était en guerre. Ils se sont aimés follement. Je suis leur fille, Florian, je suis née de leur amour et depuis que je l'ai compris je me sens heureuse. J'aurais tellement aimé le connaître, Matoub.

– Comment tu peux être sûre qu'il ne l'a pas violée ?

– Elle l'a aimé, Florian. Tu comprends, elle me l'a dit. Tu sais, les sentiments, c'est plus fort que la politique, j'en suis la preuve. La seule chose qui nous reste à nous les petits, c'est d'être encore capables d'aimer.

Florian roule. Il file vers l'Espagne, décidé à passer la nuit à La Jonquera, dans un des bordels de la frontière espagnole. Il essaie de ne pas penser, il accélère, la Corolla donne le meilleur d'elle-même.

Au péage il se fait arrêter par les gendarmes.

– Vous rouliez à 168 kilomètres-heure.

Et merde ! Quatre points et 135 euros d'amende, le budget « filles » vient d'être détourné par le Trésor public. Pourtant, il n'arrive pas à se mettre en colère. Florian sort de l'autoroute et monte vers le nord. Il gare sa voiture sur un chemin forestier du parc du

Haut-Languedoc et se calme dans la montagne. Dans la voiture, la nuit est glaciale, il s'emmitoufle dans la petite couverture posée sur le siège-bébé. Des sangliers tournent autour de la Corolla.

Le lendemain matin, l'aube est splendide. Il boit un café à Riols. Et décide de rentrer par les petites routes. Il s'arrête dans les vignes de Faugères, marche entre les ceps, shoote dans les mottes de terre dures comme de la pierre. Autour de lui, lentement, les petites grappes de raisin transforment le soleil en sucre. Il s'accroupit pour les regarder. Il faut une sacrée dose de confiance pour penser que dans quelques mois la vigne se couvrira de grappes juteuses. En remontant les rangs, il pense à ce que lui a dit Sèb et se rappelle les phrases que Dominique a prononcées à la portière de sa voiture : « Ne laisse personne guider ta vie, pense avec ton cœur, comme tu le faisais avant. Regarde le beau de la vie. Sauve-toi, Florian, laisse la haine. »

Il s'arrête chez un vigneron acheter une bonne bouteille de vin. Il ne l'a jamais fait, préférant toujours la bière et les alcools forts de supermarché. Le vigneron est un passionné. Il lui fait visiter ses chais. Il lui parle de la force des pieds de vigne capables de vivre jusqu'à cent cinquante ans. Ses ceps plantés en 1963 ont l'âge de son père ! Ils ont traversé l'Histoire et produisent chaque année des cuvées inédites. Florian achète six bouteilles.

– Revenez pour les vendanges, on cherche toujours des bras.

À la maison, Natacha et Marie jouent dans le jardin. Il ouvre une bouteille, sort deux verres et invite Natacha à venir goûter le vin avec lui. Méfiante, elle s'approche de la table. Il lui explique que le vigneron a parlé du sang des vignes et que son père les a plantées dans les années 60, aujourd'hui, il les entretient, il croit en elles.

Natacha, qui ne boit jamais, accepte de goûter le vin. Elle lève son verre et invite Florian à trinquer.

– À l'amour, à celui du vigneron pour ses vignes. Et si tu peux, à ma grand-mère et à son bonheur.

Florian hésite, puis avance doucement son verre qui tinte contre celui de sa femme.

CGT OK !

Marion jette son sac sur le canapé, retire la longue aiguille de palissandre de ses cheveux et libère sa coiffure châtain mi-longue. Ses joues rondes, matifiées de fond de teint, atténuent son regard volontaire. Elle se démaquille dans sa salle de bains, saisit une épaisse serviette dans le dressing et se glisse nue dans l'eau bleue de son spa domestique dont elle a programmé la température à l'avance, 38 degrés, l'idéal pour la relaxation. Elle adore sa grande baignoire dont les bulles lui massent le corps. Les jets du programme « Tonic » pétrissent doucement ses mollets et plus violemment ses hanches. Les remous cachent la rondeur de ses jambes épilées au laser. Elle passe sa main sur ses cuisses qu'elle trouve douces comme de la soie. Des vagues de bulles montent jusqu'à sa bouche, sa nuque trempe dans l'eau, elle profite de l'instant.

Marion travaille depuis dix ans comme coiffeuse à domicile. Elle a acheté le spa grâce à un crédit à la consommation et ne le regrette pas. Cette petite piscine d'intérieur est son luxe, son ailleurs avec lequel elle se vide la tête après le travail. Dans l'eau Fidji, elle se trouve satisfaite de sa vie, heureuse. Après quinze ans de mariage, Antoine lui plaît toujours, elle est fière de dire à ses clients qu'il est directeur d'un supermarché. Elle concentre les jets du spa vers ses jambes et la plante de ses pieds. La pression lui enfonce les chairs, elle prend soin d'elle. Il lui reste une heure de calme avant le retour des enfants de l'école.

Antoine sent dans la poche de sa blouse les dernières vibrations de son téléphone. Fin de batterie, pense-t-il. Il attend depuis plus de cinq heures aux urgences de l'hôpital de Nancy. Tuer des zombies sur son vieil iPhone 4 l'a distrait un temps, mais la douleur dans son avant-bras le lance de plus en plus et cette attente l'exaspère. Il se lève pour se plaindre à l'infirmière en charge des admissions :

– Je suis arrivé à 10 heures ce matin, il est 15 heures et mon bras me fait de plus en plus mal.

– Monsieur, je vous demande un peu de courage, le médecin ne devrait plus tarder.

– Nous sommes trois dans la salle d'attente, pouvez-vous me dire pourquoi c'est si long ?

– Le médecin a été appelé ailleurs dans l'hôpital pour soigner des gens plus atteints que vous. Ici, c'est l'urgence qui prime, pas l'ordre de l'arrivée. Vous me comprenez, n'est-ce pas ?

Antoine ne fait pas le poids avec son coup de cutter dans l'avant-bras. Assis sur sa chaise de plastique, l'épaule posée contre le distributeur de café, il se demande comment la lame a pu déraper sur un carton de petits pois. Première blessure au boulot en quinze années de travail, sûrement pas un hasard. Il sort un pan de son tee-shirt de la ceinture de son pantalon pour nettoyer ses lunettes. Il a quarante ans, deux fils de la même femme et un pavillon à la périphérie de Nancy. Ses yeux bleus et son sourire enfantin le rendent tout de suite sympathique. La souplesse de ses cheveux blonds mi-longs renforce une impression de décontraction qui lui a souvent porté préjudice dans son milieu professionnel.

Vers 17 heures, un jeune interne l'examine enfin. Il écarte les lèvres de la plaie et réveille la douleur.

– Vous avez de la chance, l'artère se trouve à deux millimètres de l'entaille. Comment vous êtes-vous blessé ?

– J'ouvrais des cartons contenant des produits que je m'apprêtais à placer dans les rayons. Je suis responsable d'un supermarché hard discount.

– Je vais vous faire une bonne douzaine de points. Vous ne pourrez rien porter avec ce bras pendant une semaine, le temps de la cicatrisation.

– Vous me faites une anesthésie locale avant ?

– Quelques injections de Xylocaïne. Vous ne pourrez pas travailler, vous devez prévenir votre employeur. Je vous fais un arrêt de cinq jours.

En sortant de l'hôpital, il cherche sur le parking sa Golf vert foncé un peu déglinguée qui dépasse les 300 000 kilomètres au compteur. Il aime cette vieille caisse toujours salie des miettes du goûter des enfants et parsemée de petites figurines en plastique oubliées entre les sièges. Il ramasse un Playmobil qu'il coince dans les rainures de l'aération du pare-brise et appelle la centrale pour prévenir qu'il ne viendra pas travailler avant la semaine prochaine.

Puis il traverse la ville, longe à la périphérie une série d'entrepôts commerciaux, McDo, Jardiland, Brico Dépôt, King Jouet, Leclerc, Mondial Tissus, dont les affiches pleines de promesses captent les regards. Il arrive vite dans son quartier. Les maisons de la commune de Seichamps se ressemblent toutes. Des cubes ravalés d'un enduit beige avec pour unique saillie un balcon surplombant une entrée de garage partiellement enterrée. Des vérandas de plexiglas garnissent certaines petites loggias transformées en jardins d'hiver. Antoine roule doucement pour observer chaque propriété. Les barrières entourant les jardinets ne dépassent pas un mètre cinquante de hauteur et laissent à chacun la liberté d'affirmer ses goûts. Simple grillage, barrières western, murets de tôle ou de PVC, les représentants de clôture ont épuisé ici tout leur catalogue.

Il gare sa Golf devant chez lui. Sa maison détonne dans le lotissement par sa simplicité. Le jardinet ceint d'une haie végétale et le balcon ont échappé à la tentation de la véranda. Dans le jardin un trampoline remplace le portique de son enfance. Les gamins des années 2000 préfèrent le sautillement aux balancements de leurs aînés.

Des paires de baskets de toutes les tailles gênent l'ouverture de la porte d'entrée. Il ajoute au désordre ses chaussures de sécurité qu'il n'a pas pris le temps de laisser au magasin. Dans le salon, les enfants jouent à la Wii.

– Hello, la compagnie !

– Papa ! Fais voir ta blessure ! hurle Mathis, le plus jeune de ses deux fils.

– Combien de points ? demande Jérémie.

– Douze, une belle balafre de pirate. Je suis resté dix heures à l'hôpital pour être soigné en trente minutes, cherchez l'erreur ! Mathis, je compte sur toi pour couper ma viande. Toute la semaine !

Il demande aux garçons de mettre la table et embrasse Marion.

– Tu vas te faire remplacer au magasin ?

– Ils cherchent un suppléant. S'ils n'en trouvent pas, je devrai y aller. Je ne peux pas laisser Stéphanie toute seule. Elle est théoriquement adjointe, mais elle patauge, elle sait tenir une caisse, mais elle ne sait ni passer les commandes, ni faire la compta de fin de journée.

Pendant le dîner, Antoine reçoit un SMS de la centrale lui demandant de rejoindre son poste le lendemain :

« Merci de vous présenter à l'horaire habituel jeudi matin pour assurer l'ouverture de votre surface de vente.

Un stagiaire viendra en renfort. »

Il tend le téléphone à Marion qui soupire :

– Comme d'habitude. Incapables d'humanité, ceux-là. Tu vas y aller ?

– C'est illégal. J'ai un arrêt de cinq jours pour un accident de travail. Mais si je refuse, ils trouveront un prétexte pour me virer.

Marion n'ose pas lui dire d'appeler son syndicat. Elle ne veut pas pousser Antoine dans la contestation. Leur réussite bourgeoise n'est qu'un vernis fragile accordé par la BNP et Cofinoga. Sur la foi de leurs salaires, ils ont contracté trois crédits, un pour la maison, un autre pour le spa et les vacances au ski de l'an dernier, et le troisième pour la nouvelle chaudière.

– Ça va aller, mon chéri, tu feras tout porter au stagiaire.

– Ah ça c'est sûr ! Et puis je suis à deux doigts d'obtenir la prime de dépassement de chiffre d'affaires. J'ai trimé comme un tonton pour y arriver, mais si je ne vais pas au magasin, on va la perdre : 800 euros à la clé !

Antoine monte coucher les enfants. Mathis vient de fêter ses dix ans et il aime encore les câlins du soir. Dans son lit, la couette remontée jusqu'au nez, il attend que son père ouvre la fenêtre pour le grand bol d'air pur qui chaque soir précède sa nuit. De sa chambre, on voit jusqu'à la forêt de Lenoncourt. Quand il était plus petit, Antoine lui racontait que Bambi habitait là-bas. Il embrasse son fils et branche en sortant de la pièce la veilleuse qui projette sur le plafond des images des films de Walt Disney.

Jérémie l'attend à son tour, il a quinze ans et, comme chaque soir, il assemble ses figurines Nanoblock.

– Papa, tu as des nouvelles de Daddy ?

– Maman m'a dit qu'il allait mieux cette semaine. Il remontait la pente après la chimio de la semaine dernière.

– J'irai le voir ce week-end, on doit préparer la terre du potager.

Antoine l'embrasse, le laisse à son puzzle en 3D, et lui rappelle de ne pas se coucher trop tard. Son beau-père, Pétrus, lutte depuis des années contre une leucémie chronique et entretient depuis sa retraite un potager qui semble le garder en vie, récolte après récolte. Le vieux se soigne en apprenant à respecter le cycle de la nature et il est parvenu à entraîner Jérémie dans sa méditation. Travailler au jardin avec Pétrus canalise l'adolescent, qui souffre depuis la classe de sixième du trouble du déficit de l'attention. Avec son grand-père, il se passionne pour la permaculture.

Dans leur chambre au rez-de-chaussée, Marion allongée sur le lit garde en mémoire le souvenir de la douceur de ses jambes dans le spa. Elle aimerait qu'Antoine le remarque. Mais il s'endort vite.

La douleur le réveille dans son premier sommeil. Il redoute toujours ces moments de conscience nocturne qui l'entraînent vers des pensées angoissées et le laissent épuisé pour la journée. Il est 1 heure du matin et il se demande s'il doit rejoindre son poste le lendemain ou se battre et forcer le groupe à respecter son arrêt de travail. Il avale un calmant.

Antoine travaille pour une enseigne de hard discount depuis les années 2000. À l'époque, il avait répondu à une annonce qui recherchait des chefs de magasin et ouvrait le recrutement aux jeunes diplômés. Avec un simple BTS technico-commercial, obtenu après seulement deux années d'études, il était devenu cadre. Le salaire était dérisoire mais il montrait à ses parents que le gamin qui peinait à l'école se débrouillait comme un as dans la vie active. Antoine en voulait un peu à son père de ne jamais l'avoir poussé dans sa scolarité. Le vieux pensait qu'il existait des qualités plus importantes que celles acquises par les études. Pour lui, un enfant bien éduqué dans les valeurs familiales parvenait toujours à tracer sa route. Il se référait à sa propre histoire et croyait à la méritocratie. Il avait commencé au bas de l'échelle dans la banque au sortir de la guerre et avait progressé pour terminer sa carrière chef d'agence.

Marion remplit son thermos de thé et glisse dans son sac un sachet de biscuits. Elle dépose les enfants à l'école et prend la route. Sa première visite l'emmène à cinquante minutes de chez elle en banlieue de Metz chez une dame à la retraite qui n'a jamais eu son permis de conduire et ne sort plus depuis la mort de son mari. Elle l'attend, comme à chaque visite, avec du café frais et des galettes St Michel. La dame lui raconte les histoires aperçues dans le journal de 13 heures de TF1, celle d'un pâtissier qui cache une pièce d'or dans ses galettes, celle du céramiste qui tourne ses poteries comme on le faisait au Moyen Âge.

En partant, Marion aperçoit, posé sur la console de l'entrée, le prospectus d'une société de services qui s'installe dans la région. Pour un abonnement mensuel, elle propose des heures de ménage, des petits bricolages, des soins de manucure et même de la coiffure.

À Pont-à-Mousson, dans un pavillon proche des

fonderies, elle coiffe un jeune adolescent trisomique. Un gamin gentil qui accepte les gestes de Marion.

En fin de matinée, elle fonce à Nomeny couper les cheveux d'un homme sous bracelet électronique qui n'a pas le droit de sortir de chez lui. Marion aime découvrir le temps d'une coupe de cheveux l'intérieur des gens, glaner des bribes d'intimité, passer d'une vie anonyme à une autre. C'est comme tourner les feuilles d'un magazine, regarder par le trou d'une serrure. Rien ne compte plus pour elle que le quotidien, le vécu, l'ordinaire.

– Si les politiques connaissaient nos vies, on n'en serait pas là, répète-t-elle à ses clients tout en prenant garde de ne jamais marquer d'orientation partisane.

Son attention aux gens lui vient de son père communiste. Elle se souvient des réunions à la maison, où pendant des nuits entières les camarades discutaient du combat pour le maintien de l'activité dans les aciéries de Pompey. Son père l'avait emmenée à une manifestation devant ce site emblématique de l'industrie française deux ans avant sa fermeture en 1986. Toute son enfance, elle avait dessiné sur des tracts du Parti, que sa mère recyclait en papier brouillon. Elle connaissait les slogans par cœur : « Travailleurs français et immigrés, même combat ! » Combien de fois avait-elle griffonné autour du mot « lutte » et entouré de toutes les couleurs des crayons de sa trousse la faucille et le marteau, ou ajouté, en toute innocence, la moustache de Trotski à Georges Marchais. Un autre temps. Marion vit aujourd'hui dans une société plus ouverte où, pour gagner plus, il suffit de travailler plus et de se voir récompensé par l'accès à une consommation sans limite. Un exemple ? Sa Mini Cooper bleue louée 350 euros mensuels, en partie récupérés grâce à la déduction des indemnités kilométriques. Dépenser ici, reprendre là, la pyramide de Ponzi des temps modernes, mieux que le partage promis par les communistes, pense-t-elle.

Sur la route du retour à la maison, un SMS l'avertit qu'un colis l'attend dans un point relais, sûrement les Reebok Kamikaze fluo taille 42 pour l'anniversaire de Jérémie. Une paire achetée moitié prix sur un site discount, mais livrée sans l'emballage. Marion se gare dans le parking souterrain du centre commercial Saint-Sébastien, et chez Foot Locker demande une boîte de Reebok vide. Elle raconte au vendeur qu'elle a acheté, ici même la veille, une paire de sneakers mais que l'emballage, trempé par une averse au sortir de la boutique, n'était plus présentable. Elle demande aussi du papier cadeau. Jérémie n'y verra que du feu.

Comme tous les mercredis après-midi, le gamin travaille au jardin avec son grand-père. Pétrus habite seul, depuis la mort de sa femme, dans une maison sans jardin et loue un petit terrain agricole à dix minutes de

Nancy. Sur la parcelle, il a construit une cabane équipée de l'eau courante, d'un réchaud, d'un frigo à gaz et de deux fauteuils de plage assez confortables. Il a gravé « Ma Datcha » sur une planche au-dessus de l'entrée. Depuis son cancer, il cultive sans pesticides ni engrais.

Ils consacrent la première partie de l'après-midi à la lecture d'un ouvrage qui détaille les bonnes pratiques de la permaculture. Ensuite avec un râteau, ils recouvrent les zones de culture de feuilles mortes et de paille pour nourrir la terre et les lombrics avant le printemps. Jérémie se persuade que le potager avec sa production de légumes bio gorgés de nutriments peut sauver son grand-père. Il ne jardine pas, il soigne Pétrus.

– Tu penses que le foin et la paille, c'est pareil pour notre terre ?

– Le foin, c'est plein de graines qui germent dans les cultures, mais c'est plus souvent bio. La paille peut très bien avoir été récoltée sur des champs traités aux pesticides.

– Il faut qu'on trouve de la paille bio, Daddy.

– Quand tu penses que toute ma vie j'ai vendu des légumes et des fruits traités. On ignorait tout ça, tu peux me croire, Jérémie. Et puis moi, tu sais, j'étais communiste, j'étais dans la lutte, je voulais nourrir les ouvriers à pas cher. Je n'avais pas compris qu'en vendant aux camarades des produits bon marché, j'appauvrissais les agriculteurs. Le Parti nous a bien niqués là-dessus. On a brandi le drapeau rouge contre l'écologie. Maintenant, les usines ont fermé et les paysans épandent du poison. Tu vois, Jérémie, il n'y a que ce jardin qui ne ment pas, mais historiquement c'est un peu dur à dire.

– C'est terminé, Daddy ! Avec nos légumes, tu vas guérir ! Tu as vu, il nous reste quatre potimarrons. Faut te faire une bonne soupe bio ce soir.

Le stagiaire place en rayon les conserves du jour. Antoine le surveille depuis la vitre sans tain de son bureau.

– Tu fais attention avec le cutter, la lame toujours vers l'extérieur. Et tu places les produits dans les bacs, le plus proprement et le plus rapidement possible.

Stéphanie tient la caisse. Le règlement impose un article à la seconde, elle est loin du compte et la file des clients avec leurs caddies remplis s'allonge. Sa nonchalance matinale met en péril la prime de productivité du magasin. Il la réprimandera, au moment de la pause. En temps normal, il serait descendu la seconder mais son bras gauche lui fait mal. D'un coup d'œil réflexe, il vérifie la disposition des objets dans son bureau. Le responsable de secteur arrive toujours à l'improviste et, une fois dans le magasin, détaille tout à la loupe et sanctionne tout manquement. Antoine voit sa vie au travail codifiée par le guide des bonnes pratiques de l'enseigne, la calculatrice doit être sur le bord inférieur droit du bureau, la perforatrice sur l'étagère, les ciseaux avec la gomme et les crayons dans le tiroir du haut à gauche. Toute négligence peut aboutir à une suppression de la prime de mi-année.

Antoine a espéré un temps se hisser dans la hiérarchie et à son tour devenir inspecteur, mais sa candidature n'a pas été retenue, il a été jugé potentiellement trop conciliant par sa hiérarchie.

La matinée s'est passée sans événement majeur. Il est intervenu pour sortir un client saoul qui errait dans le magasin, éventrait des boîtes de gâteaux et les mangeait dans les rayons. Le type s'est laissé faire mais il a promis de revenir finir ses biscuits.

Puis vient le tour du livreur, Franck, un des rares syndiqués à la CGT, qui dépose ses palettes à l'entrée du sas de livraison et glisse quelques tracts à Antoine. Il n'a pas le temps de discuter, il est surveillé par une puce GPS dans le camion et tout écart peut être sanctionné. Il propose à Antoine de le rejoindre au bar Le Daum, après 19 heures.

Dans sa blouse grise, Antoine sort vider les poubelles du parking, puis s'occupe des commandes. À la pause de Stéphanie, il s'installe à la caisse et scanne les produits avec sa main droite.

À 18 h 55, elle lui annonce que le magasin est vide de clients et qu'elle ferme. Il descend du bureau pour appliquer la procédure de fin de journée. Elle lui présente son sac ouvert et donne son manteau à palper. L'enseigne impose cette corvée quotidienne et la caissière rompue à l'humiliation s'y prête sans rechigner.

Antoine hésite à rejoindre Franck au bistrot, puis se dit que ça lui fera du bien de parler du boulot. À la maison, il ne peut rien dire, Marion s'inquiète de tout.

Avenue Hoche, Le Daum, archétype du rade de banlieue, sert de la Leffe pression. Ils commandent deux demis. Franck, le livreur CGT, vient de la sidérurgie et impressionne Antoine. Il ose tenir tête aux patrons, accompagne les salariés dans les entretiens préalables aux licenciements et parfois leur offre même l'avocat du syndicat, pour les prud'hommes.

– Tu sais que je suis en arrêt aujourd'hui ?

– Pour ton bras ? Mais tu es venu quand même ? Imagine que ça s'infecte, ton truc !

– Je suis à quatre jours de la prime. J'ai trimé pendant six mois pour l'obtenir. Pas envie de tout perdre.

– C'est comme ça qu'ils nous tiennent, Antoine, avec leurs petites carottes. Franchement, ils nous achètent pour pas cher.

– On est tous lobotomisés par cette boîte. Quand on va en stage, au siège régional, on nous rabâche cette phrase : « Vous n'êtes pas là pour réfléchir, vous êtes là pour appliquer. La procédure a déjà réfléchi pour vous. »

– Tu devrais prendre ta carte et te présenter aux prochaines élections syndicales. C'est dans deux mois, tu es sûr de passer.

– Si je ne suis pas élu ? Ils me lourdent.

– De toute façon ils finiront par te virer, tu le sais.

– Quand je suis entré dans la boîte, j'étais fier de mon job, j'avais vingt-sept ans. Ça n'a pas duré.

– Moi je viens de la sidérurgie. Mécanicien dans les hauts fourneaux, je bossais dans le bruit, la chaleur, avec parfois de la graisse jusqu'aux mollets. Ça usait le corps. Ici, c'est une autre violence, sourde, presque invisible, qui te bouffe le cerveau.

Antoine roule vers la campagne toute proche et gare sa voiture à Bosserville à l'embranchement d'un chemin agricole qui longe la Meurthe. Il marche le long de l'eau dont le niveau hivernal lèche les accotements. L'été, il vient avec les enfants regarder les ragondins nager et ils leur jettent du pain rassis. La rivière traverse ensuite Nancy et quelques kilomètres plus au nord se jette dans la Moselle. Sur ces berges, on peut s'amuser en famille ou un soir de brume s'y jeter et disparaître. Le petit fleuve n'est que le miroir de ses pensées et, ce soir-là, la noirceur l'aide à réfléchir. Franck a raison. Avec ses dix ans de boîte, il est en danger.

De retour dans la Golf, l'autoradio s'allume avec le contact. Un artiste qu'il ne connaît pas chante. Antoine prend le temps de l'écouter. Dominique A raconte que les paysages hideux construits par les grandes enseignes ont gâché le monde. Au même moment, il traverse la zone commerciale éclairée comme en pleine journée avec ses voitures à touche-touche dans la file du drive du McDo, et la Halle au sommeil déserte. Un peu plus loin, les livreurs de pizzas volent en escadrille.

Garé devant chez lui, il voit de la lumière dans la chambre à coucher du rez-de-chaussée, Marion l'attend.

Il entre sans bruit, boit un grand verre d'eau dans la cuisine, puis ouvre la porte de la chambre où sa femme joue au Scrabble sur la tablette.

– Tu viens finir la partie ? C'était bien ?

– On a discuté. Franck a vécu pas mal de choses dans sa vie et parler avec lui m'aide. Je crois que je vais me syndiquer.

Marion pose la tablette et le regarde.

– S'il te plaît, ne prends pas de risques inutiles, tu sais qu'on a deux mois d'économies, pas plus. Si tu es viré, on se retrouve à la rue en un rien de temps. On a deux enfants et trois crédits qui mangent la moitié de nos salaires.

– Je sais, Marion, mais je n'en peux plus de leurs humiliations répétées. Tu veux un exemple ? Chaque soir je dois vérifier le sac de Stéphanie comme si elle était une voleuse et moi un vigile.

– C'est votre rituel, c'est tout, rien de grave. Elle me demande bien ma carte d'identité quand je remplis un chèque à sa caisse !

– C'est plus que ça, Marion. Si elle va plus de deux fois aux toilettes dans la matinée, je dois le signaler ! Tu sais que toute ma vie est codifiée dans le magasin. J'ai cinquante-trois points à respecter. Si je vais en réserve et que j'en reviens les mains vides, un responsable de secteur peut me mettre en faute ! Je n'ai aucune autonomie, et le pire, c'est que je m'y suis habitué. Comment veux-tu que je transmette aux enfants l'importance de la liberté de penser ? Tu crois que c'est un hasard si Jérémie se passionne pour son grand-père qui a toujours combattu le système ?

– Laisse mon père en dehors de ça. Et réfléchis bien à ce que tu fais, cherche un autre boulot mais discrètement. Le syndicalisme, tu n'es peut-être pas obligé.

– Il y a pire, Marion. Tu te souviens quand j'ai fait ma sciatique, que je ne pouvais plus bouger ?

– Tu avais trop porté dans la remise. Tu avais calculé, cinq tonnes de produits par jour à déplacer.

– C'était autre chose. À cette époque, mon assistante s'appelait Virginie. Tu te souviens d'elle ?

– Oui, tu l'appelais « Pause cigarette ».

– Parce qu'elle n'était pas assez performante. Je l'avais signalée à la centrale et ils m'avaient demandé de la coincer.

– Lui tendre un piège ?

– Oui, une après-midi, j'ai placé dans son sac une barquette de jambon entre deux chemises cartonnées. C'était convenu avec le responsable secteur, qui l'a chopée le soir même et l'a accusée de vol, puis il l'a virée pour faute grave.

– Qu'est-ce qu'elle est devenue ?

– Je ne sais pas, j'ai jamais osé la rappeler.

Marion, redressée dans le lit, le regarde comme on dévisage un inconnu.

– C'est immonde, Antoine. Des pauvres gens, des victimes d'injustice, j'en coiffe tous les jours. Je les plains, j'essaie de les cajoler plus que les autres. Une saloperie pareille… Que ça vienne de toi !

– C'est un système, ma chérie. Je suis un pion. J'ai été dégueulasse, c'est vrai. Mais je n'avais pas trop le choix. Avec la prime, on a pu partir une semaine au Grau-du-Roi, tu te souviens ?

– Tu essaies de m'entraîner dans ta culpabilité, mais tu ne fais que gâcher un de mes jolis souvenirs avec toi et les enfants. Va te syndiquer et rachète ta faute. Mais je te préviens, si les enfants souffrent à cause de toi, je ne te le pardonnerai jamais.

Marion part tôt pour ne pas croiser Antoine au réveil. Sa première cliente habite un village au nord de Nancy. Malgré les fenêtres ouvertes sur la campagne, la pièce pue l'ammoniaque de la teinture. Mme Bourgoin patiente pendant que les racines de ses cheveux s'imbibent d'une couleur acajou. Marion retire ses gants et s'assoit en face d'elle de l'autre côté de la table du salon. Elle coiffe Geneviève depuis dix ans et connaît tout de sa vie.

– Mon mari veut se syndiquer.

– Dans la sidérurgie, ils étaient tous syndiqués. Le mien était à la Cégéte.

– Antoine travaille dans les services, et la défense des salariés ce n'est pas dans la culture de ces entreprises.

– S'il a les épaules pour tenir tête aux patrons, qu'il y aille. Il y a des batailles à gagner dans ce secteur.

– Voilà le souci, a-t-il les épaules ? Je ne sais pas. Il m'explique qu'il applique des consignes à la con depuis plus de dix ans et qu'il veut retrouver sa fierté.

– Quand ils ont fermé les usines ici, ils ont détruit la fierté des hommes. Beaucoup se sont mis à boire et puis à rejoindre le Front national. Vous savez, Marion, on ne peut pas vivre d'aller à la pêche tous les jours. Il n'y a pas assez de poissons dans la Moselle !

– Oui, de toute façon Antoine ne pêche pas. En prenant sa carte, il pourrait peut-être regagner un peu d'amour-propre et d'estime de la part de notre fils aîné, Jérémie. Allez, je vous rince.

Marion parle cash avec ses clientes les plus intimes pour se montrer forte et éviter de les laisser prendre le contrôle de sa vie. Elle demande à tous ses clients de la journée ce qu'ils pensent de l'idée de son mari de se syndiquer. Les anciens de la sidérurgie lui disent que tout travailleur digne de ce nom devrait être encarté dans un syndicat. Ils votent FN mais gardent un attachement à la lutte. Ceux de la génération CDD n'ont pas connu l'usine, ils ne votent pas et se montrent plus méfiants, davantage enclins à penser aux primes, moins déterminés à se battre pour leurs droits. Marion ne juge ni les uns ni les autres, question d'époque. Depuis sa Mini Cooper, elle appelle son père pour lui demander son avis.

– Tu sais, Marion, ton Antoine il est tout seul et ses patrons prennent un malin plaisir à entretenir la division et l'isolement chez leurs salariés. Alors, s'il désire enfin se réveiller, qu'il le fasse. De toute façon, s'ils veulent sa peau, ils l'auront. Mais il est jeune et il trouvera autre chose. De mon temps…

– Papa, tu vas encore me parler du PC. Mais on vit mieux aujourd'hui ! Tu sais d'où je t'appelle ? De ma Mini Cooper ! Cette voiture est géniale. Au feu rouge, les gens me regardent ! Avec ta mob bleue, ça ne devait pas t'arriver souvent !

– Tu ne changeras jamais, Marion. Pense à ton mec. Aide-le au lieu de frimer. Tu te souviens de la dernière fourberie de François Hollande pendant la campagne :

« La finance est mon ennemie ! » La blague, si vous achetez tous des bagnoles à crédit !

Marion pose ses deux mains sur le volant, s'amuse à rétrograder en double débrayage, le moteur hurle, elle négocie le virage de Morville-sur-Seille en faisant crisser les pneus de la Mini.

– Allez, salut vieux coco, je t'embrasse mais je préfère ma vie, et ma bagnole est une merveille !

Elle file retrouver Céline, qui habite Charleroi et travaille comme hôtesse de l'air pour une compagnie low cost mais revient de temps en temps à Nancy voir ses parents. À chacun de ses passages, elles déjeunent ensemble à La Gentilhommière, rue des Maréchaux à Nancy. Marion s'étonne de trouver les cheveux blonds et bouclés de son amie si cassants et ternes.

– Ça n'a pas l'air d'aller, mon hôtesse de l'air préférée…

– Non, je vis l'enfer au boulot.

– Ton métier si glamour qui m'a tellement fait envie ?

– Tu parles, si tu savais ! Quand je pense que j'ai payé ma formation 3 000 euros ! Je regrette tellement. Je me lève tous les matins à 3 h 30. La compagnie ne me paie que quand l'avion vole ! Quand je fais entrer les passagers, ou que je fais ensuite le briefing sécu, tout ça, ce n'est pas payé. Je ne cotise ni à la Sécurité sociale ni à la retraite et je gagne 16 euros brut l'heure de vol. Je ne m'en sors pas, Marion.

– Est-ce que tu es syndiquée ?

– Tu plaisantes, il n'y a pas de syndicat dans la compagnie. C'est chacun pour soi. Celui qui vend le plus de sandwichs gagnera plus et prendra la place de celui qui n'a rien fourgué aux passagers.

– Tu vas rester ?

– Si je reste, je vais tomber malade. Il faut que je trouve un autre job. Tu as bien fait de te mettre à ton compte, crois-moi.

– Je me dis ça tous les jours, mais je suis inquiète en ce moment. Dans mon secteur, deux sociétés ont salarié des coiffeuses esthéticiennes à domicile. Les filles sont payées au Smic avec des frais de déplacement. Ces deux boîtes, sur Nancy et Metz, cassent les prix, j'ai peur qu'à terme elles me piquent tous mes clients.

Antoine prépare le petit déjeuner des enfants. Mathis veut à son tour des Nanoblock et Jérémie un vieux caddie pour récupérer les grilles et faire grimper des petits pois dessus, à la datcha.

– Non, Jérémie, je ne peux pas dépouiller un chariot pour ton potager. Ça ne m'appartient pas, c'est au groupe.

– Mais un vieux qui traîne dans un coin ? Tu as sûrement ça ? Ou alors à la centrale, ils ont ça. Tu pourrais demander à un chef de te l'apporter. Il nous faut une grille pour les grimpants.

– N'insiste pas, s'il te plaît, on ne fait pas ce qu'on veut dans le monde du travail.

– Mais c'est nul ! Tu ne peux même pas récupérer un truc cassé qui de toute façon partira à la décharge ?

– On change de sujet, s'il te plaît. Tu as quoi aujourd'hui au collège ?

– Je m'en fous du collège ! Je dois faire pousser des légumes pour Daddy, et toi, tu me refuses une vieille grille de caddie et en plus tu vends des fruits et des légumes contaminés !

– Ok, tu as raison ! On va vendre la maison et on va tous aller vivre à la datcha, tu nous feras assez de légumes ? Jérémie, essaie de grandir. Tu ne vois pas que je travaille pour la famille et que dans le boulot il y a des règles !

– Ah ça non, on ne va pas déménager, je ne veux pas vivre dans cette vieille cabane, crie Mathis. Et puis, je n'aime pas les légumes !

– Avec tes règles pourries, Daddy va mourir, tu comprends ça, il n'y a plus d'humanité dans ton monde ?

– Jérémie, ça suffit, mets ton bol dans la machine et va nous attendre dans la voiture.

Tous les matins, l'odeur du supermarché le saisit à l'instant où il ouvre la porte. Il la déteste, ça sent la lessive, la banane et le renfermé. Il entrebâille la porte de la remise pour faire un courant d'air, enfile son vêtement de travail dont il a réparé l'accroc sur le bras avec du scotch brun, puis sort du bureau pour se regarder dans le miroir de la vitre sans tain. Il se trouve minable, les cheveux trop longs, la blouse sale et déchirée, les chaussures de protection usées, il voit de la lâcheté sur son visage et se déteste. Stéphanie arrive à 9 heures, il lui demande si elle va bien et lui offre un café qu'elle n'a pas le temps de boire. Les clients arrivent, elle se met à la caisse avec sa tasse.

Dans la remise, le stagiaire éventre les cartons avant de placer les produits en rayon. Pour la première fois, Antoine observe ses clients. Les gens arrivent emmitouflés, les plus frileux ne retirent même pas leur bonnet. Ici, on vit avec les frigos grands ouverts et, été comme hiver, il fait un froid humide. Une dame âgée hésite devant les barquettes de porc en promo. Elle attrape un pack de quatre yaourts aromatisés, détache trois bananes à 1,20 euro le kilo et glisse dans son cabas une conserve de coq au vin.

Les retraités, les chômeurs, les allocataires du RSA font des petites courses quotidiennes. Antoine les voit se refuser une tablette de chocolat, un pot de Nutella, des steaks de bœuf. Mais ils prennent toujours des bouteilles de Coca, le seul achat plaisir qu'ils peuvent offrir à leurs enfants. La fin de matinée est l'heure des alcoolos. Ils achètent deux ou trois bouteilles de vin à 1,50 euro. Les femmes préfèrent le rosé au même prix. Certains clients n'achètent que de la bière extraforte à dix degrés, 80 centimes la canette de 50 centilitres. Il y a aussi les mères de famille pressées qui prennent des biscuits, du jambon, du fromage, des pains de mie et des plats préparés. En fin de journée, quelques yuppies passent prendre des packs d'eau, de la lessive et du papier toilette, des produits sans marque qui n'altèrent pas leur standing.

Les vieux achètent des oignons, des poireaux, des carottes et des pommes de terre. En les regardant, Antoine retrouve le goût de la soupe à l'eau, celle qui dégoûte à vie les enfants de manger des légumes. Il a envie de leur dire d'acheter de la crème fraîche, et quelques épices. À la caisse, les aimables tentent de discuter avec Stéphanie. Mais la caissière ne prend pas le temps de leur répondre, le règlement l'interdit parce que ça ralentit la cadence. Antoine la regarde rembarrer de gentilles personnes qui en plus de leurs courses recherchent un peu de contact humain. Il comprend que tous les deux vivent dans un monde froid, sombre et glauque, alors il attrape son téléphone et envoie à Franck un simple message de cinq lettres :

CGT OK !

Table

DU MÊME AUTEUR

VICTIME ET BOURREAU, avec Frédéric Couderc, Calmann-Lévy, 1989

FRÉQUENCE MONDE, Hachette Pluriel, 1991

MOI, JUGE D'INSTRUCTION, Hermé, 1992

LIBERTÉ, ÉGALITÉ, SACRÉE SOIRÉE, illustré par Cabu, First, 1993

LES ASSOCIATIONS FAMILIALES, Dagorno, 1994

HOMMES DES TEMPÊTES, Grasset & Fasquelle, 2021

Retrouvez toute l'actualité des éditions Albin Michel
sur notre site albin-michel.fr
et suivez-nous sur les réseaux sociaux !
Instagram : editionsalbinmichel
Facebook : Éditions Albin Michel
Twitter : AlbinMichel

Composition : IGS-CP
Impression : CPI Bussière en mai 2023
Éditions Albin Michel
22, rue Huyghens, 75014 Paris
www.albin-michel.fr

ISBN : 978-2-226-48190-0
N° d'édition : 25357/01 – N° d'impression : 2071758
Dépôt légal : septembre 2023
Imprimé en France